正红旗下

老舍 著

民主与建设出版社
·北京·

© 民主与建设出版社，2021

图书在版编目（CIP）数据

正红旗下 / 老舍著. — 北京：民主与建设出版社，2021.6（2023.9 重印）

（老舍精品作品集；8）

ISBN 978-7-5139-3562-3

Ⅰ．①正… Ⅱ．①老… Ⅲ．①长篇小说－中国－现代 Ⅳ．① I246.5

中国版本图书馆 CIP 数据核字 (2021) 第 098741 号

正红旗下
ZHENGHONGQIXIA

著　　者	老舍
责任编辑	韩增标
封面设计	玥婷设计
出版发行	民主与建设出版社有限责任公司
电　　话	（010）59417747　59419778
社　　址	北京市海淀区西三环中路 10 号望海楼 E 座 7 层
邮　　编	100142
印　　刷	三河市天润建兴印务有限公司
版　　次	2021 年 6 月第 1 版
印　　次	2023 年 9 月第 2 次印刷
开　　本	880 毫米 ×1230 毫米　1/32
印　　张	7
字　　数	140 千字
书　　号	ISBN 978-7-5139-3562-3
定　　价	298.00 元（全 10 册）

注：如有印、装质量问题，请与出版社联系。

目录

正红旗下

第一章 …………………………………………………… 003
第二章 …………………………………………………… 019
第三章 …………………………………………………… 030
第四章 …………………………………………………… 042
第五章 …………………………………………………… 056
第六章 …………………………………………………… 070
第七章 …………………………………………………… 077
第八章 …………………………………………………… 089
第九章 …………………………………………………… 108
第十章 …………………………………………………… 118
第十一章 ………………………………………………… 128

赶 集

序	141
五　九	143
热包子	147
爱的小鬼	152
同　盟	159
微　神	172
开市大吉	186
歪毛儿	195
柳家大院	208

正红旗下

第一章

　　假若我姑母和我大姐的婆母现在还活着,我相信她们还会时常争辩:到底在我降生的那一晚上,我的母亲是因生我而昏迷过去了呢,还是她受了煤气。

　　幸而这两位老太太都遵循着自然规律,到时候就被亲友们护送到坟地里去;要不然,不论我庆祝自己的花甲之喜,还是古稀大寿,我心中都不会十分平安。是呀,假若大姐婆婆的说法十分正确,我便根本不存在啊!

　　似乎有声明一下的必要:我生的迟了些,而大姐又出阁早了些,所以我一出世,大姐已有了婆婆,而且是一位有比金刚石还坚硬的成见的婆婆。是,她的成见是那么深,我简直地不敢叫她看见我。只要她一眼看到我,她便立刻把屋门和窗子都打开,往外散放煤气!

　　还要声明一下:这并不是为来个对比,贬低大姐婆婆,以便高抬我的姑母。那用不着。说真的,姑母对于我的存在与否,并不十分关心;要不然,到后来,她的烟袋锅子为什么常常敲在我的头上,便有些费解了。是呀,我长着一个脑袋,不是一块破砖头!

　　尽管如此,姑母可是坚持实事求是的态度,和我大姐的婆婆进行激辩。按照她的说法,我的母亲是因为生我,失血过多,而昏了过去的。据我后来调查,姑母的说法颇为正确,因为自从她中年居孀以后,就搬到我家来住,不可能不掌握些第一手的消息与资料。我的啼哭,吵得她不能安眠。那么,我一定不会是一股煤气!

我也调查清楚:自从姑母搬到我家来,虽然各过各的日子,她可是以大姑子的名义支使我的母亲给她沏茶灌水,擦桌子扫地,名正言顺,心安理得。她的确应该心安理得,我也不便给她造谣:想想看,在那年月,一位大姑子而不欺负兄弟媳妇,还怎么算作大姑子呢?

在我降生前后,母亲当然不可能照常伺候大姑子,这就难怪在我还没落草儿,姑母便对我不大满意了。不过,不管她多么自私,我可也不能不多少地感激她:假若不是她肯和大姐婆婆力战,甚至于混战,我的生日与时辰也许会发生些混乱,其说不一了。我舍不得那个良辰吉日!

那的确是良辰吉日!就是到后来,姑母在敲了我三烟锅子之后,她也不能不稍加考虑,应否继续努力。她不能不想想,我是腊月二十三日酉时,全北京的人,包括着皇上和文武大臣,都在欢送灶王爷上天的时刻降生的呀!

在那年代,北京在没有月色的夜间,实在黑的可怕。大街上没有电灯,小胡同里也没有个亮儿,人们晚间出去若不打着灯笼,就会越走越怕,越怕越慌,迷失在黑暗里,找不着家。有时候,他们会在一个地方转来转去,一直转一夜。按照那时代的科学说法，这叫作"鬼打墙"。

可是，在我降生的那一晚上，全北京的男女，千真万确，没有一个遇上"鬼打墙"的！当然，那一晚上，在这儿或那儿，也有饿死的、冻死的，和被杀死的。但是，这都与鬼毫无关系。鬼，不管多么顽强的鬼，在那一晚上都在家里休息，不敢出来，也就无从给夜行客打一堵墙，欣赏他们来回转圈圈了。

大街上有多少卖糖瓜与关东糖的呀！天一黑，他们便点上灯笼，把摊子或车子照得亮堂堂的。天越黑，他们吆喝得越起劲，洪亮而急切。过了定更，大家就差不多祭完了灶王，糖还卖给谁去呢！就凭这一片卖糖的声音，那么洪亮，那么急切，胆子最大的鬼也不敢轻易出来，更甭说那些胆子不大的了——据说，鬼也有胆量很小很小的。

再听吧，从五六点钟起，已有稀疏的爆竹声。到了酉时左右（就是我降生的伟大时辰），连铺户带人家一齐放起鞭炮，不用说鬼，就连黑、黄、大、小的狗都吓得躲在屋里打哆嗦。花炮的光亮冲破了黑暗的天空，一闪一闪，能够使人看见远处的树梢儿。每家院子里都亮那么一阵：把灶王像请到院中来，燃起高香与柏枝，灶王就急忙吃点关东糖，化为灰烬，飞上天宫。

灶王爷上了天，我却落了地。这不能不叫姑母思索思索："这小子的来历不小哇！说不定，灶王爷身旁的小童儿因为贪吃糖果，没来得及上天，就留在这里了呢！"这么一想，姑母对我就不能不在讨厌之中，还有那么一点点敬意！

灶王对我姑母的态度如何，我至今还没探听清楚。我可是的确知道，姑母对灶王的态度并不十分严肃。她的屋里并没有灶王龛。她只在我母亲在我们屋里给灶王与财神上了三炷香之后，才搭讪着过来，可有可无地向神像打个问心。假若我恰巧在那里，她必狠狠地瞪我一眼；她认准了我是灶王的小童儿转世，在那儿监视她呢！

说到这里，就很难不提一提我的大姐婆婆对神佛的态度。她的气派很大。在她的堂屋里，正中是挂着黄围子的佛桌，桌上的雕花大佛龛几乎高及顶棚，里面供着红脸长髯的关公。到春节，关公面前摆着五碗小塔似的蜜供、五碗红月饼，还有一堂干鲜果品。财神、灶王，和张仙（就是"打出天狗去，引进子孙来"的那位神仙）的神龛都安置在两旁，倒好像她的"一家之主"不是灶王，而是关公。赶到这位老太太对丈夫或儿子示威的时候，她的气派是那么大，以至把神佛都骂在里边，毫不留情！"你们这群！"她会指着所有的神像说："你们这群！吃着我的蜜供、鲜苹果，可不管我的事，什么东西！"

可是，姑母居然敢和这位连神佛都敢骂的老太太分庭抗礼，针锋相对地争辩，实在令人不能不暗伸大指！不管我怎么不喜爱姑母，当她与大姐婆婆作战的时候，我总是站在她这一边的——

经过客观的分析，我从大姐婆婆身上实在找不到一点可爱的地方。是呀，直到如今，我每一想起什么"虚张声势""瞎唬事"等等，也就不期然而然地想起大姐的婆婆来。我首先想起她的眼睛。那是一双何等毫无道理的眼睛啊！见到人，不管她是要表示欢迎，还是马上冲杀，她的眼总是瞪着。她大概是想用二目圆睁表达某种感情，在别人看来却空空洞洞，莫名其妙。她的两腮多肉，永远阴郁地下垂，像两个装着什么毒气的口袋似的。在咳嗽与说话的时候，她的嗓子与口腔便是一部自制的扩音机。她总以为只要声若洪钟，就必有说服力。她什么也不大懂，特别是不懂怎么过日子。可是，她会瞪眼与放炮，于是她就懂了一切。

虽然我也忘不了姑母的烟袋锅子（特别是那里面还有燃透了的兰花烟的），可是从全面看来，她就比大姐的婆婆多着一些风趣。从模样上说，姑母长得相当秀气，两腮并不像装着毒气的口袋。她的眼睛，在风平浪静的时候，黑白分明，非常的有神。不幸，有时候不知道为什么就来一阵风暴。风暴一来，她的有神的眼睛就变成有鬼，寒光四射，冷气逼人！不过，让咱们还是别老想她的眼睛吧。她爱玩梭儿胡。每逢赢那么三两吊钱的时候，她还会低声地哼几句二黄。据说，她的丈夫，我的姑父，是一位唱戏的！在那个改良的……哎呀，我忘了一件大事！

你看，我只顾了交待我降生的月、日、时，可忘了说是哪一年！那是有名的戊戌年啊！戊戌政变！

说也奇怪，在那么大讲维新与改良的年月，姑母每逢听到"行头""拿份儿"等等有关戏曲的名词，便立刻把话岔开。只有逢年过节，喝过两盅玫瑰露酒之后，她才透露一句："唱戏的也不下贱啊！"尽管如此，大家可是都没听她说过：我姑父的艺名叫什么，他是唱小生还是老旦。

大家也都怀疑，我姑父是不是个旗人。假若他是旗人，他可能是位耗财买脸的京戏票友儿。可是，玩票是出风头的事，姑母为什么不敢公开承认呢？他也许真是个职业的伶人吧？可又不大对头：那年月，尽管酝酿着革新与政变，堂堂的旗人而去以唱戏为业，不是有开除旗籍的危险么？那么，姑父是汉人？也不对呀！他要是汉人，怎么在他死后，我姑母每月去领好几份儿钱粮呢？

直到如今，我还弄不清楚这段历史。姑父是唱戏的不是，关系并不大。我总想不通：凭什么姑母，一位寡妇，而且是爱用烟锅子敲我的脑袋的寡妇，应当吃几份儿饷银呢？我的父亲是堂堂正正的旗兵，负着保卫皇城的重任，每月不过才领三两银子，里面还每每搀着两小块假的；为什么姑父，一位唱小生或老旦的，还可能是汉人，会立下那么大的军功，给我姑母留下几份儿钱粮呢？看起来呀，这必定在什么地方有些错误！——

不管是皇上的，还是别人的错儿吧，反正姑母的日子过得怪舒服。她收入的多，开销的少——白住我们的房子，又有弟媳妇作义务女仆。她是我们小胡同里的"财主"。

恐怕呀，这就是她敢跟大姐的婆婆顶嘴抬杠的重要原因之一。大姐的婆婆口口声声地说：父亲是子爵，丈夫是佐领，儿子是骁骑校。这都不假；可是，她的箱子底儿上并没有什么沉重的东西。有她的胖脸为证,她爱吃。这并不是说,她有钱才要吃好的。不!没钱,她会以子爵女儿、佐领太太的名义去赊。她不但自己爱赊,而且颇看不起不敢赊,不喜欢赊的亲友。虽然没有明说,她大概可是这么想:不赊东西,白做旗人!

我说她"爱"吃,而没说她"讲究"吃。她只爱吃鸡鸭鱼肉,而不会欣赏什么山珍海味。不过,她可也有讲究的一面:到十冬腊月,她要买两条丰台暖洞子生产的碧绿的、尖上还带着一点黄花的王瓜,摆在关公面前;到春夏之交,她要买些用小蒲包装着的,头一批成熟的十三陵大樱桃,陈列在供桌上。这些,可只是为显示她的气派与排场。当她真想吃的时候,她会买些冒充樱桃的"山豆子",大把大把地往嘴里塞,既便宜又过瘾。不管怎么说吧,她经常拉下亏空,而且是债多了不愁,满不在乎——

对债主子们,她的眼瞪得特别圆,特别大;嗓音也特别洪亮,激昂慷慨地交代:"听着!我是子爵的女儿,佐领的太太,娘家婆家都有铁杆儿庄稼!俸银俸米到时候就放下来,欠了日子欠不了钱,你着什么急呢!"

这几句豪迈有力的话语,不难令人想起二百多年前清兵入关时候的威风,因而往往足以把债主子打退四十里。不幸,有时候这些话并没有发生预期的效果,她也会瞪着眼笑那么一两下,叫债主子吓一大跳;她的笑,说实话,并不比哭更体面一些。她的刚柔相济,令人啼笑皆非。

她打扮起来的时候总使大家都感到遗憾。可是，气派与身份有关，她还非打扮不可。该穿亮纱，她万不能穿实地纱；该戴翡翠簪子，决不能戴金的。于是，她的几十套单、夹、棉、皮、纱衣服，与冬夏的各色首饰，就都循环地出入当铺，当了这件赎那件，博得当铺的好评。据看见过阎王奶奶的人说：当阎王奶奶打扮起来的时候，就和盛装的大姐婆婆相差无几。

因此，直到今天，我还摸不清她的丈夫怎么会还那么快活。在我幼年的时候，我觉得他是个很可爱的人。是，他不但快活，而且可爱！除了他也爱花钱，几乎没有任何缺点。我首先记住了他的咳嗽，一种清亮而有腔有调的咳嗽，叫人一听便能猜到他至小是四品官儿。他的衣服非常整洁，而且带着樟脑的香味，有人说这是因为刚由当铺拿出来，不知正确与否。

无论冬夏，他总提着四个鸟笼子，里面是两只红颏，两只蓝靛颏儿。他不养别的鸟，红、蓝颏儿雅俗共赏，恰合佐领的身份。只有一次，他用半年的俸禄换了一只雪白的麻雀。不幸，在白麻雀的声誉刚刚传遍九城的大茶馆之际，也不知怎就病故了，所以他后来即使看见一只雪白的老鸦也不再动心。

在冬天，他特别受我的欢迎：在他的怀里，至少藏着三个蝈蝈葫芦，每个都有摆在古玩铺里去的资格。我并不大注意葫芦。使我兴奋的是它们里面装着的嫩绿蝈蝈，时时轻脆地鸣叫，仿佛夏天忽然从哪里回到北京。

在我的天真的眼中，他不是来探亲家，而是和我来玩耍。他一讲起养鸟、养蝈蝈与蛐蛐的经验，便忘了时间，以至我母亲不管怎样为难，也得给他预备饭食。他也非常天真。母亲一暗示留他吃饭，他便咳嗽一阵，有腔有调，有板有眼，而后又哈哈地笑几声才说："亲家太太，我还真有点饿了呢！千万别麻烦，到天泰轩叫一个干炸小丸子、一卖木樨肉、一中碗酸辣汤，多加胡椒面和香菜，就行啦！就这么办吧！"

这么一办，我母亲的眼圈儿就分外湿润那么一两天！不应酬吧，怕女儿受气；应酬吧，钱在哪儿呢？那年月走亲戚，用今天的话来说，可真不简单！

亲家爹虽是武职，四品顶戴的佐领，却不大爱谈怎么带兵与打仗。我曾问过他是否会骑马射箭，他的回答是咳嗽了一阵，而后马上又说起养鸟的技术来。这可也的确值得说，甚至值得写一本书！看，不要说红、蓝颏儿们怎么养，怎么蹓，怎么"押"，在换羽毛的季节怎么加意饲养，就是那四个鸟笼子的制造方法，也够讲半天的。不要说鸟笼子，就连笼里的小磁食罐，小磁水池，以及清除鸟粪的小竹铲，都是那么考究，谁也不敢说它们不是艺术作品！是的，他似乎已经忘了自己是个武官，而把毕生的精力都花费在如何使小罐小铲、咳嗽与发笑都含有高度的艺术性，从而随时沉醉在小刺激与小趣味里。

他还会唱呢！有的王爷会唱须生，有的贝勒会唱《金钱豹》，有的满族官员由票友而变为京剧名演员……戏曲和曲艺成为满人生活中不可缺少的东西，他们不但爱去听，而且喜欢自己粉墨登场。他们也创作，大量地创作，岔曲、快书、鼓词等等。我的亲家爹也当然不甘落后。遗憾的是他没有足够的财力去组成自己的票社,以便亲友家庆祝孩子满月,或老太太的生日,去车马自备、清茶恭候地唱那么一天或一夜,耗财买脸,傲里夺尊,誉满九城。他只能加入别人组织的票社,随时去消遣消遣。他会唱几段联珠快书。他的演技并不很高,可是人缘很好,每逢献技都博得亲友们热烈喝彩。美中不足,他走票的时候,若遇上他的夫人也盛装在场,他就不由地想起阎王奶奶来,而忘了词儿。这样丢了脸之后,他回到家来可也不闹气,因为夫妻们大吵大闹会喊哑了他的嗓子。倒是大姐的婆婆先发制人,把日子不好过,债务越来越多,统统归罪于他爱玩票,不务正业,闹得没结没完。他一声也不出,只等到她喘气的时候,他才用口学着三弦的声音,给她弹个过门儿:"登根儿哩登登"。艺术的熏陶使他在痛苦中还能够找出自慰的办法,所以他快活——不过据他的夫人说,这是没皮没脸,没羞没臊!

他们夫妇谁对谁不对,我自幼到而今一直还没有弄清楚。那么,书归正传,还说我的生日吧。

在我降生的时候,父亲正在皇城的什么角落值班。男不拜月,女不祭灶,自古为然。姑母是寡妇,母亲与二姐也是妇女;我虽是男的,可还不堪重任。全家竟自没有人主持祭灶大典!姑母发了好几阵脾气。她在三天前就在英兰斋满汉饽饽铺买了几块真正的关东糖。所谓真正的关东糖者就是块儿小而比石头还硬,放在口中若不把门牙崩碎,就把它粘掉的那一种,不是摊子上卖的那种又泡又松,见热气就容易化了的低级货。

她还买了一斤什锦南糖。这些，她都用小缸盆扣起来，放在阴凉的地方，不叫灶王爷与一切的人知道。她准备在大家祭完灶王，偷偷地拿出一部分，安安顿顿地躺在被窝里独自享受，即使粘掉一半个门牙，也没人晓得。可是，这个计划必须在祭灶之后执行，以免叫灶王看见，招致神谴。哼！全家居然没有一个男人！她的怒气不打一处来。我二姐是个忠厚老实的姑娘，空有一片好心，而没有克服困难的办法。姑母越发脾气，二姐心里越慌，只含着眼泪，不住地叫："姑姑！姑姑！"

幸而大姐及时地来到。大姐是个极漂亮的小媳妇：眉清目秀，小长脸，尖尖的下颏像个白莲花瓣似的。不管是穿上大红缎子的氅衣，还是蓝布旗袍，不管是梳着两把头，还是挽着旗髻，她总是那么俏皮利落，令人心旷神怡。她的不宽的腰板总挺得很直，亭亭玉立；在请蹲安的时候，直起直落，稳重而飘洒。只有在发笑的时候，她的腰才弯下一点去，仿佛喘不过气来，笑得那么天真可怜。亲戚、朋友，没有不喜爱她的，包括着我的姑母。只有大姐的婆婆认为她既不俊美，也不伶俐，并且时常讥诮：你爸爸不过是三两银子的马甲！

大姐婆婆的气派是那么大，讲究是那么多，对女仆的要求自然不能不极其严格。她总以为女仆都理当以身殉职，进门就累死。自从娶了儿媳妇，她干脆不再用女仆，而把一个小媳妇当作十个女仆使用。大姐的两把头往往好几天不敢拆散，就那么带着那小牌楼似的家伙睡觉。梳头需要相当长的时间，万一婆婆已经起床，大声地咳嗽着，而大姐还没梳好了头，过去请安，便是一行大罪！大姐须在天还没亮就起来，上街给婆婆去买热油条和马蹄儿烧饼。大姐年轻，贪睡。可是，出阁之后，她练会把自己惊醒。醒了，她便轻轻地开开屋门，看看天上的三星。假若还太早，她便回到炕上，穿好衣服，坐着打盹儿，不敢再躺下，以免睡熟了误事。全家的饭食、活计、茶水、清洁卫生，全由大姐独自包办。她越努力，婆婆越给她添活儿，加紧训练。婆婆的手，除了往口中送饮食，不轻易动一动。手越不动，眼与嘴就越活跃，她一看见儿媳妇的影子就下好几道紧急命令。

事情真多！大姐每天都须很好地设计，忙中要有计划，以免发生混乱。出嫁了几个月之后，她的眉心出现了两条细而深的皱纹。这些委屈，她可不敢对丈夫说，怕挑起是非。回到娘家，她也不肯对母亲说，怕母亲伤心。当母亲追问的时候，她也还是笑着说：没事！真没事！奶奶放心吧！（我们管母亲叫作奶奶。）

大姐更不敢向姑母诉苦，知道姑母是爆竹脾气，一点就发火。可是，她并不拒绝姑母的小小的援助。大姐的婆婆既要求媳妇打扮得像朵鲜花似的，可又不肯给媳妇一点买胭脂，粉，梳头油等等的零钱，所以姑母一问她要钱不要，大姐就没法不低下头去，表示口袋里连一个小钱也没有。姑母是不轻易发善心的，她之所以情愿帮助大姐者是因为我们满人都尊敬姑奶奶。她自己是老姑奶奶，当然要同情小姑奶奶，以壮自己的声势。况且，大姐的要求又不很大，有几吊钱就解决问题，姑母何必不大仁大义那么一两回呢。这个,大姐婆婆似乎也看了出来,可是不便说什么;娘家人理当贴补出了嫁的女儿,女儿本是赔钱货嘛。在另一方面,姑母之所以敢和大姐婆婆分庭抗礼者,也在这里找到一些说明。

大姐这次回来,并不是因为她梦见了一条神龙或一只猛虎落在母亲怀里,希望添个将来会"出将入相"的小弟弟。快到年节,她还没有新的绫绢花儿、胭脂宫粉,和一些杂拌儿。这末一项,是为给她的丈夫的。大姐夫虽已成了家,并且是不会骑马的骁骑校,可是在不少方面还像个小孩子,跟他的爸爸差不多。是的,他们老爷儿俩到时候就领银子,终年都有老米吃,干吗注意天有多么高,地有多么厚呢?生活的意义,在他们父子看来,就是每天要玩耍,玩得细致,考究,入迷。大姐丈不养靛颏儿,而英雄气概地玩鹞子和胡伯喇,威风凛凛地去捕几只麻雀。这一程子,他玩腻了鹞子与胡伯喇,改为养鸽子。他的每只鸽子都值那么一二两银子;"满天飞元宝"是他爱说的一句豪迈的话。他收藏的几件鸽铃都是名家制作,由古玩摊子上搜集来的——

大姐夫需要杂拌儿。每年如是:他用各色的洋纸糊成小高脚碟,以备把杂拌儿中的糖豆子、大扁杏仁等等轻巧地放在碟上,好像是为给他自己上供。一边摆弄,一边吃;往往小纸碟还没都糊好,杂拌儿已经不见了;尽管是这样,他也得到一种快感。杂拌儿吃完,他就设计糊灯笼,好在灯节悬挂起来。糊完春灯,他便动手糊风筝。这些小事情,他都极用心地去作;

一两天或好几天，他逢人必说他手下的工作，不管人家爱听不爱听。在不断的商讨中，往往得到启发，他就从新设计，以期出奇制胜，有所创造。若是别人不愿意听，他便都说给我大姐，闹得大姐脑子里尽是春灯与风筝，以至耽误了正事，招得婆婆鸣炮一百〇八响！

他们玩耍，花钱，可就苦了我的大姐。在家庭经济不景气的时候，他们不能不吵嘴，以资消遣。十之八九，吵到下不来台的时候，就归罪于我的大姐，一致进行讨伐。大姐夫虽然对大姐还不错，可是在混战之中也不敢不骂她。好嘛，什么都可以忍受，可就是不能叫老人们骂他怕老婆。因此，一来二去，大姐增添了一种本事：她能够在炮火连天之际，似乎听到一些声响，又似乎什么也没听见。似乎是她给自己的耳朵安上了避雷针。可怜的大姐！

大姐来到，立刻了解了一切。她马上派二姐去请"姥姥"，也就是收生婆。并且告诉二姐，顺脚儿去通知婆家：她可能回去的晚一些。大姐婆家离我家不远，只有一里多地。二姐飞奔而去。

姑母有了笑容，递给大姐几张老裕成钱铺特为年节给赏与压岁钱用的、上边印着刘海戏金蟾的、崭新的红票子，每张实兑大钱两吊。同时，她把弟妇生娃娃的一切全交给大姐办理，倘若发生任何事故，她概不负责。

二姐跑到大姐婆家的时候，大姐的公公正和儿子在院里放花炮。今年，他们负债超过了往年的最高纪录。腊月二十三过小年，他们理应想一想怎么还债，怎么节省开支，省得在年根底下叫债主子们把门环子敲碎。没有，他们没有那么想。大姐婆婆不知由哪里找到一点钱，买了头号的大糖瓜，带芝麻的和不带芝麻的，摆在灶王面前，并且瞪着眼下命令："吃了我的糖，到天上多说几句好话，别不三不四地顺口开河，瞎扯！"两位男人呢，也不知由哪里弄来一点钱，都买了鞭炮。老爷儿俩都脱了长袍。老头儿换上一件旧狐皮马褂，不系纽扣，而用一条旧布褡包松拢着，十分潇洒。大姐夫呢，年轻火力壮，只穿着小棉袄，直打喷嚏，而连说不冷。鞭声先起，清脆紧张，一会儿便火花急溅，响成一片。儿子放单响的麻雷子，父亲放双响的二踢脚，间隔停匀，有板有眼："噼啪噼啪，咚；噼啪噼啪，咚——当！"这样放完一阵，父子相视微笑，都觉得放炮的技巧九城第一，理应得到四邻的热情夸赞。不管二姐说什么，中间都夹着麻雷子与二踢脚的巨响。于是，大姐的婆婆仿佛听见了：亲家母受了煤气。"是嘛！"她以压倒鞭炮的声音告诉二姐："你们穷人总是不懂得怎么留神，大概其喜欢中煤毒！"她把"大概"总说成"大概其"，有个"其"字，显着多些文采，说完，她就去换衣裳，要亲自出马，去抢救亲家母的性命，大仁大义。佐领与骁骑校根本没注意二姐说了什么，专心一志地继续放爆竹。即使听明白了二姐的报告，他们也不能一心二用，去考虑爆竹以外的问题。

我生下来，母亲昏了过去。大姐的婆母躲在我姑母屋里，二目圆睁，两腮的毒气肉袋一动一动地述说解救中煤毒的最有效的偏方。姑母老练地点起兰花烟,把老玉烟袋嘴儿斜放在嘴角,眉毛挑起多高,准备挑战。

"偏方治大病!"大姐的婆婆引经据典地说。

"生娃娃用不着偏方!"姑母开始进攻。

"那也看谁生娃娃!"大姐婆婆心中暗喜已到人马列开的时机。

"谁生娃娃也不用解煤气的偏方!"姑母从嘴角撤出乌木长烟袋,用烟锅子指着客人的鼻子。

"老姑奶奶!"大姐婆婆故意称呼对方一句,先礼后兵,以便进行歼灭战。"中了煤气就没法儿生娃娃!"

在这激烈舌战之际,大姐把我揣在怀里,一边为母亲的昏迷不醒而落泪,一边又为小弟弟的诞生而高兴。二姐独自立在外间屋,低声地哭起来。天很冷,若不是大姐把我揣起来,不管我的生命力有多么强,恐怕也有不小的危险。

第二章

姑母高了兴的时候，也格外赏脸地逗我一逗，叫我"小狗尾巴"，因为，正如前面所交代的，我是生在戊戌年（狗年）的尾巴上。连她高了兴，幽默一下，都不得人心！我才不愿意当狗尾巴呢！伤了一个孩子的自尊心，即使没有罪名，也是个过错！看，直到今天，每逢路过狗尾巴胡同，我的脸还难免有点发红！

不过，我还要交代些更重要的事情，就不提狗尾巴了吧。可以这么说：我只赶上了大清皇朝的"残灯末庙"。在这个日落西山的残景里，尽管大姐婆婆仍然常常吹嘘她是子爵的女儿、佐领的太太，可是谁也明白她是虚张声势，威风只在嘴皮子上了。是呀，连向她讨债的卖烧饼的都敢指着她的鼻子说："吃了烧饼不还钱，怎么，还有理吗？"至于我们穷旗兵们，虽然好歹地还有点铁杆庄稼，可是已经觉得脖子上仿佛有根绳子，越勒越紧！

以我们家里说，全家的生活都仗着父亲的三两银子月饷，和春秋两季发下来的老米维持着。多亏母亲会勤俭持家，这点收入才将将使我们不致沦为乞丐。

二百多年积下的历史尘垢，使一般的旗人既忘了自谴，也忘了自励。我们创造了一种独具风格的生活方式：有钱的真讲究，没钱的穷讲究。生命就这么沉浮在有讲究的一汪死水里。是呀，以大姐的公公来说吧，他为官如何，和会不会冲锋陷阵，倒似乎都是次要的。他和他的亲友仿佛一致认为他应当食王禄，唱快书，和养四只靛颏儿。同样地，大姐丈不仅满意他的"满天飞元宝"，而且情愿随时为一只鸽子而牺牲了自己。是，不管他去办多么要紧的公事或私事，他的眼睛总看着天空，决不考虑可能撞倒一位老太太或自己的头上碰个大包。他必须看着天空。万一有那么一只掉了队的鸽子，飞得很低，东张西望，分明是十分疲乏，急于找个地方休息一下。见此光景，就是身带十万火急的军令，他也得飞跑回家，放起几只鸽子，把那只自天而降的"元宝"裹了下来。能够这样俘获一只别人家的鸽子，对大姐夫来说，实在是最大最美的享受！至于因此而引起纠纷，那，他就敢拿刀动杖，舍命不舍鸽子，吓得大姐浑身颤抖。

是，他们老爷儿俩都有聪明、能力、细心，但都用在从微不足道的事物中得到享受与刺激。他们在蛐蛐罐子、鸽铃、干炸丸子等等上提高了文化，可是对天下大事一无所知。

他们的一生像做着个细巧的，明白而又有点糊涂的梦。妇女们极讲规矩。是呀，看看大姐吧！她在长辈面前，一站就是几个钟头，而且笑容始终不懈地摆在脸上。同时，她要眼观四路，看着每个茶碗，随时补充热茶；看着水烟袋与旱烟袋，及时地过去装烟，吹火纸捻儿。她的双手递送烟袋的姿态够多么美丽得体,她的嘴唇微动,一下儿便把火纸吹燃,有多么轻巧美观。这些,都得到老太太们(不包括她的婆婆)的赞叹,而谁也没注意她的腿经常浮肿着。在长辈面前,她不敢多说话,又不能老在那儿呆若木鸡地侍立。她须精心选择最简单而恰当的字眼,在最合适的间隙,像舞台上的锣鼓点儿似的那么准确,说那么一两小句,使老太太们高兴,从而谈得更加活跃。

这种生活艺术在家里得到经常的实践,以备特别加工,拿到较大的场合里去。亲友家给小孩办三天、满月,给男女作四十或五十整寿,都是这种艺术的表演竞赛大会。至于婚丧大典,那就更须表演的特别精彩,连笑声的高低与请安的深浅,都要恰到好处,有板眼,有分寸。姑母和大姐的婆婆若在这种场合相遇,她们就必须出奇制胜,各显其能,用各种笔法,旁敲侧击,打败对手,传为美谈。办理婚丧大事的主妇也必须眼观六路、耳听八方,随时随地使这种可能产生严重后果的耍弄与讽刺大事化小,小事化无。同时,她还要委托几位负有重望的妇女,帮助她安排宾客们的席次,与入席的先后次序。安排得稍欠妥当,就有闹得天翻地覆的危险。她们必须知道谁是二姥姥的姑舅妹妹的干儿子的表姐,好来与谁的小姨子的公公的盟兄弟的寡嫂,作极细致的分析比较,使她们的席位各得其所,心服口服,吃个痛快。经过这样的研究,而两位客人是半斤八两,不差一厘,可怎么办呢?要不怎么,不但必须记住亲友们的生年月日,而且要记得落草儿的时辰呢!这样分量完全相同的客人,也许还是同年同月同日生的呀!可是二嫂恰好比六嫂早生了一点钟，这就解决了问题。当然，六嫂虽晚生了六十分钟，而丈夫是三品顶戴，比二嫂的丈夫高着两品，这就又须从长研究，另作安排了。是的，我大姐虽然不识一个字，她可是一本活书，记得所有的亲友的生辰八字儿。不管她的婆婆要怎样惑乱人心，我可的确知道我是戊戌年腊月二十三日酉时生的，毫不动摇，因为有大姐给我做证！

　　这些婚丧大典既是那么重要，亲友家办事而我们缺礼，便是大逆不道。母亲没法把送礼这笔支出打在预算中，谁知道谁什么时候死，什么时候生呢？不幸而赶上一个月里发生好几件红白事，母亲的财政表格上便有了赤字。她不能为减少赤字，而不给姑姑老姨儿们去拜寿，不给胯骨上的亲戚吊丧或贺喜。不去给亲友们行礼等于自绝于亲友，没脸再活下去，死了也欠光荣。而且，礼到人不到还不行啊。这就须于送礼而外，还得整理鞋袜，添换头绳与绢花，甚至得做非做不可的新衣裳。这又是一笔钱。去吊祭或贺喜的时候，路近呢自然可以勉强走了去，若是路远呢，难道不得雇辆骡车么？在那文明的年月，北京的道路一致是灰沙三尺，恰似香炉。好嘛，打扮得漂漂亮亮的，而在香炉里走十里八里，到了亲友家已变成了土鬼，岂不是大笑话么？骡车可是不能白坐，这又是个问题！去行人情，岂能光拿着礼金礼品，而腰中空空如也呢。假若人家主张凑凑十胡什么的，难道可以严词拒绝么？再说，见了晚一辈或两辈的孙子们，不得给二百钱吗？是呀，办婚丧大事的人往往倾家荡产，难道亲友不应当舍命陪君子么？

母亲最怕的是亲友家娶媳妇或聘姑娘而来约请她做娶亲太太或送亲太太。这是一种很大的荣誉：不但寡妇没有这个资格，就是属虎的或行为有什么不检之处的"全口人"也没有资格。只有堂堂正正，一步一个脚印的妇人才能负此重任。人家来约请，母亲没法儿拒绝。谁肯把荣誉往外推呢？可是，去做娶亲太太或送亲太太不但必须坐骡车，而且平日既无女仆，就要雇个临时的、富有经验的、干净利落的老妈子。有人搀着上车下车、出来进去，才像个娶亲太太或送亲太太呀！至于服装首饰呢，用不着说，必须格外出色，才能压得住台。母亲最恨向别人借东西，可是她又绝对没有去置办几十两银子一件的大缎子、绣边儿的氅衣，和真金的扁方、耳环，大小头簪。她只好向姑母开口。姑母有成龙配套的衣裳与首饰，可就是不愿出借！姑母在居孀之后，固然没有做娶亲或送亲太太的资格，就是在我姑父活着的时候，她也很不易得到这种荣誉。是呀，姑父到底是唱戏的不是，既没有弄清楚，谁能够冒冒失失地来邀请姑母出头露面呢？大家既不信任姑母，姑母也就不肯往外借东西，作为报复。

于是，我父亲就须亲自出马，向姑母开口。亲姐弟之间，什么话都可以说。大概父亲必是完全肯定了"唱戏的并不下贱"，姑母才把带有樟脑味儿的衣服和式样早已过了时而分量相当重的首饰拿出来。

这些非应酬不可的应酬，提高了母亲在亲友眼中的地位。大家都夸她会把钱花在刀刃儿上。可也正是这个刀刃儿使母亲关到钱粮发愁，关不下来更发愁。是呀，在我降生的前后，我们的铁杆儿庄稼虽然依然存在，可是逐渐有点歉收了，分量不足，成色不高。赊欠已成了一种制度。卖烧饼的、卖炭的、倒水的都在我们的和许多人家的门垛子上画上白道道，五道儿一组，颇像鸡爪子。我们先吃先用，钱粮到手，按照鸡爪子多少还钱。母亲是会过日子的人，她只许卖烧饼的、卖炭的、倒水的在我们门外画白道道，而绝对不许和卖酥糖的，卖糖葫芦的等等发生鸡爪子关系。姑母白吃我们的水，随便拿我们的炭，而根本不吃烧饼——她的红漆盒子里老储存着"大八件"一级的点心。因此，每逢她看见门垛子上的鸡爪图案，就对门神爷眨眨眼，表明她对这些图案不负责任！我大姐婆家门外，这种图案最为丰富。除了我大姐没有随便赊东西的权利，其余的人是凡能赊者必赊之。大姐夫说的好：反正钱粮下来就还钱，一点不丢人！

在门外的小贩而外，母亲只和油盐店、粮店，发生赊账的关系。我们不懂吃饭馆，我们与较大的铺户，如绸缎庄、首饰楼，同仁堂老药铺等等都没有什么贸易关系。我们每月必须请几束高香，买一些茶叶末儿，香烛店与茶庄都讲现钱交易；概不赊欠。

虽然我们的赊账范围并不很大，可是这已足逐渐形成寅吃卯粮的传统。这就是说：领到饷银，便去还债。还了债，所余无几，就再去赊。假若出了意外的开销，像获得做寅亲太太之类的荣誉，得了孙子或外孙子，还债的能力当然就减少，而亏空便越来越大。因此，即使关下银子来，母亲也不能有喜无忧。

姑母经常出门：去玩牌、逛护国寺、串亲戚、到招待女宾的曲艺与戏曲票房去听清唱或彩排，非常活跃。她若是去赌钱，母亲便须等到半夜。若是忽然下了雨或雪，她和二姐还得拿着雨伞去接。母亲认为把大姑子伺候舒服了，不论自己吃多大的苦，也比把大姑子招翻了强得多。姑母闹起脾气来是变化万端，神鬼难测的。假若她本是因嫌茶凉而闹起来，闹着闹着就也许成为茶烫坏她的舌头，而且把我们的全家，包括着大黄狗，都牵扯在内，都有意要烫她的嘴，使她没法儿吃东西，饿死！这个蓄意谋杀的案件至少要闹三四天！

与姑母相反，母亲除了去参加婚丧大典，不大出门。她喜爱有条有理地在家里干活儿。她能洗能做，还会给孩子剃头，给小媳妇们铰脸——用丝线轻轻地勒去脸上的细毛儿，为是化装后，脸上显着特别光润。可是，赶巧了，父亲正去值班，而衙门放银子，母亲就须亲自去领取。我家离衙门并不很远，母亲可还是显出紧张，好像要到海南岛去似的。领了银子（越来分两越小），她就手儿在街上兑换了现钱。那时候，山西人开的烟铺、回教人开的蜡烛店，和银号钱庄一样，也兑换银两。母亲是不喜欢算计一两文钱的人，但是这点银子关系着家中的"一月大计"，所以她也既腼腆又坚决地多问几家，希望多换几百钱。有时候，在她问了两家之后，恰好银盘儿落了，她饶白跑了腿，还少换了几百钱。

拿着现钱回到家,她开始发愁。二姐赶紧给她倒上一碗茶——用小沙壶沏的茶叶末儿,老放在炉口旁边保暖,茶汁很浓,有时候也有点香味。二姐可不敢说话,怕搅乱了母亲的思路。她轻轻地出去,到门外去数墙垛上的鸡爪图案,详细地记住,以备作母亲制造预算的参考材料。母亲喝了茶,脱了刚才上街穿的袍罩,盘腿坐在炕上。她抓些铜钱当算盘用,大点儿的代表一吊,小点的代表一百。她先核计该还多少债,口中念念有词,手里掂动着几个铜钱,而后摆在左方。左方摆好,一看右方(过日子的钱)太少,就又轻轻地从左方撤下几个钱,心想:对油盐店多说几句好话,也许可以少还几个。想着想着,她的手心上就出了汗,很快地又把撤下的钱补还原位。不,她不喜欢低三下四地向债主求情;还!还清!剩多剩少,就是一个不剩,也比叫掌柜的或大徒弟高声申斥好的多。是呀,在太平天国、英法联军、甲午海战等等风波之后,不但高鼻子的洋人越来越狂妄,看不起皇帝与旗兵,连油盐店的山东人和钱铺的山西人也对旗籍主顾们越来越不客气了。他们竟敢瞪着包子大的眼睛挖苦、笑骂吃了东西不还钱的旗人,而且威胁从此不再记账,连块冻豆腐都须现钱交易!母亲虽然不知道国事与天下事,可是深刻地了解这种变化。即使她和我的父亲商议,他——负有保卫皇城重大责任的旗兵,也只会惨笑一下,低声地说:先还债吧!左方的钱码比右方的多着许多!母亲的鬓角也有了汗珠!她坐着发愣,左右为难。最后,二姐搭讪着说了话:"奶奶!还钱吧,心里舒服!这个月,头绳、锭儿粉、梳头油,咱们都不用买!咱们娘儿俩多给灶王爷磕几个头,告诉他老人家:以后只给他上一炷香,省点香火!"

母亲叹了口气:"唉!叫灶王爷受委屈,于心不忍哪!""咱们也苦着点,灶王爷不是就不会挑眼了吗?"二姐提出具体的意见:"咱们多端点豆汁儿,少吃点硬的;多吃点小葱拌豆腐,少吃点炒菜,不就能省下不少吗?""二姐,你是个明白孩子!"母亲在愁苦之中得到一点儿安慰。"好吧,咱们多勒勒裤腰带吧!你去,还是我去?""您歇歇吧,我去!"

母亲就把铜钱和钱票一组一组地分清楚,交给二姐,并且嘱咐了又嘱咐:"还给他们,马上就回来!你虽然还梳着辫子,可也不小啦!见着便宜坊的老王掌柜,不准他再拉你的骆驼;告诉他:你是大姑娘啦!"

"嗐,老王掌柜快七十岁了,叫他拉拉也不要紧!"二姐笑着,紧紧握着那些钱,走了出去。所谓拉骆驼者,就是年岁大的人用中指与食指夹一夹孩子的鼻子,表示亲热。

二姐走后,母亲呆呆地看着炕上那一小堆儿钱,不知道怎么花用,才能对付过这一个月去。以她的洗作本领和不怕劳苦的习惯,她常常想去向便宜坊老王掌柜那样的老朋友们说说,给她一点活计,得些收入,就不必一定非喝豆汁儿不可了。二姐也这么想,而且她已经学的很不错:下至衲鞋底袜底,上至扎花儿、钉钮绊儿,都拿得起来。二姐还以为拉过她的骆驼的那些人,像王老掌柜与羊肉床子上的金四把叔叔,虽然是汉人与回族人，可是在感情上已然都不分彼此，给他们洗洗做做，并不见得降低了自己的身份。况且，大姐曾偷偷地告诉过她：金四把叔叔送给了大姐的公公两只大绵羊，就居然补上了缺，每月领四两银子的钱粮。二姐听了，感到十分惊异：金四叔？他是回族人哪！大姐说：是呀！千万别喧嚷出去呀！叫上边知道了，我公公准得丢官罢职！二姐没敢去宣传，大姐的公公于是也就没有丢官罢职。有这个故事在二姐心里，她就越觉得大伙儿都是一家人，谁都可以给谁干点活儿，不必问谁是旗人，谁是汉人或回族人。她并且这么推论：既是送绵羊可以得钱粮，若是赠送骆驼，说不定还能做王爷呢！到后来，我懂了点事的时候，我觉得二姐的想法十分合乎逻辑。

可是，姑母绝对不许母亲与二姐那么办。她不反对老王掌柜与金四把，她跟他们，比起我们来，有更多的来往：在她招待客人的时候，她叫得起便宜坊的苏式盒子；在过阴天的时候，可以定买金四把的头号大羊肚子或是烧羊脖子。我们没有这种气派与财力。她的大道理是：妇女卖苦力给人家做活儿、洗衣裳，是最不体面的事！"你们要是那么干，还跟三河县的老妈子有什么分别呢？"母亲明知三河县的老妈子是出于饥寒所迫，才进城来找点事做，并非天生来的就是老妈子，像皇上的女儿必是公主那样。但是，她不敢对大姑子这么说，只笑了笑，就不再提起。

在关饷发愁之际，母亲若是已经知道，东家的姑娘过两天出阁，西家的老姨娶儿媳妇，她就不知须喝多少沙壶热茶。她不饿，只觉得口中发燥。除了对姑母说话，她的脸上整天没个笑容！可怜的母亲！

我不知道母亲年轻时是什么样子。我是她四十岁后生的"老"儿子。但是，从我一记事儿起，直到她去世，我总以为她在二三十岁的时节，必定和我大姐同样俊秀。是，她到了五十岁左右还是那么干净体面，倒仿佛她一点苦也没受过似的。她的身量不高，可是因为举止大方，并显不出矮小。她的脸虽黄黄的，但不论是发着点光，还是暗淡一些，总是非常恬静。有这个脸色，再配上小而端正的鼻子和很黑很亮、永不乱看的眼珠儿，谁都可以看出她有一股正气，不会有一点坏心眼儿。乍一看，她仿佛没有什么力气，及至看到她一气就洗出一大堆衣裳，就不难断定：尽管她时常发愁，可决不肯推卸责任。

是呀，在生我的第二天，虽然她是那么疲倦虚弱，嘴唇还是白的，她可还是不肯不操心。她知道：平常她对别人家的红白事向不缺礼，不管自己怎么发愁为难。现在，她得了"老"儿子，亲友怎能不来贺喜呢？大家来到，拿什么招待呢？父亲还没下班儿，正月的钱粮还没发放。向姑母求援吧，不好意思。跟二姐商议吧，一个小姑娘可有什么主意呢。看一眼身旁的瘦弱的、几乎要了她的命的"老"儿子，她无可如何地落了泪。

第三章

果然,第二天早上,二哥福海搀着大舅妈,声势浩大地来到。他们从哪里得到的消息,至今还是个疑问。不管怎样吧,大舅妈是非来不可的。按照那年月的规矩,姑奶奶坐月子,须由娘家的人来服侍。这证明姑娘的确是赔钱货,不但出阁的时候须由娘家赔送四季衣服、金银首饰,乃至箱柜桌椅和鸡毛掸子;而且在生儿养女的时节,娘家还须派人来服劳役。

大舅妈的身量小,咳嗽的声音可很洪亮。一到冬天,她就犯喘,咳嗽上没完。咳嗽稍停,她就拿起水烟袋咕噜一阵,预备再咳嗽。她还离我家有半里地,二姐就惊喜地告诉母亲:大舅妈来了!大舅妈来了!母亲明知娘家嫂子除了咳嗽之外,并没有任何长处,可还是微笑了一下。大嫂冒着风寒,头一个来贺喜,实在足以证明娘家人对她的重视,嫁出的女儿并不是泼出去的水。母亲的嘴唇动了动。二姐没听见什么,可是急忙跑出去迎接舅妈。

二哥福海和二姐耐心地搀着老太太,从街门到院里走了大约二十多分钟。二姐还一手搀着舅妈,一手给她捶背。因此,二姐没法儿接过二哥手里提的水烟袋、食盒(里面装着红糖与鸡蛋),和蒲包儿(内装破边的桂花"缸炉"与槽子糕)。好容易喘过一口气来，大舅妈嘟囔了两句。二哥把手中的盒子与蒲包交给了二姐，而后搀着妈妈去拜访我姑母。不管喘得怎么难过，舅妈也忘不了应当先去看谁。可是也留着神，把食品交给我二姐，省得叫我姑母给扣下。姑母并不缺嘴，但是看见盒子与蒲包，总觉得归她收下才合理。大舅妈的访问纯粹是一种外交礼节，只须叫声老姐姐，而后咳嗽一阵，就可以交代过去了。姑母对大舅妈本可以似有若无地笑那么一下就行了，可是因为有二哥在旁，她不能不表示欢迎。

在亲友中，二哥福海到处受欢迎。他长得短小精悍，既壮实又秀气，漂亮又老成，圆圆的白净子脸，双眼皮，大眼睛。他还没开口，别人就预备好听两句俏皮而颇有道理的话。及至一开口，他的眼光四射，满面春风，话的确俏皮，而不伤人；颇有道理，而不老气横秋。他的脑门以上总是青青的，像年画上胖娃娃的青头皮那么清鲜，后面梳着不松不紧的大辫子，既稳重又飘洒。他请安请得最好看：先看准了人，而后俯首急行两步，到了人家的身前，双手扶膝，前腿实，后腿虚，一趋一停，毕恭毕敬。安到话到，亲切诚挚地叫出来："二婶儿，您好！"而后，从容收腿，挺腰敛胸，双臂垂直，两手向后稍拢，两脚并齐"打横儿"。这样的一个安，叫每个接受敬礼的老太太都哈腰儿还礼，并且暗中赞叹：我的儿子要能够这样懂得规矩，有多么好啊！

他请安好看，坐着好看，走道儿好看，骑马好看，随便给孩子们摆个金鸡独立，或骑马蹲裆式就特别好看。他是熟透了的旗人，既没忘记二百多年来的骑马射箭的锻炼，又吸收了汉族、蒙古族和回族的文化。论学习，他文武双全；论文化，他是"满汉全席"。他会骑马射箭，会唱几段（只是几段）单弦牌子曲，会唱几句（只是几句）汪派的《文昭关》，会看点风水，会批八字儿。他知道怎么养鸽子，养鸟，养骡子与金鱼。可是他既不养鸽子、鸟，也不养骡子与金鱼。他有许多正事要做，如代亲友们去看棺材，或介绍个厨师傅等等，无暇养那些小玩意儿。大姐夫虽然自居内行，养着鸽子，或架着大鹰，可是每逢遇见福海二哥，他就甘拜下风，颇有意把他的满天飞的元宝都廉价卖出去。福海二哥也精于赌钱，牌九、押宝、抽签子、掷骰子、斗十胡、踢球、"打老打小"，他都会。但是，他不赌。只有在老太太们想玩十胡而凑不上手的时候，他才逢场作戏，陪陪她们。他既不多输，也不多赢。若是赢了几百钱，他便买些糖豆大酸枣什么的分给儿童们。

他这个熟透了的旗人其实也就是半个、甚至于是三分之一的旗人。这可与血统没有什么关系。以语言来说，他只会一点点满文，谈话，写点什么，他都运用汉语。他不会吟诗作赋，也没学过作八股或策论，可是只要一想到文艺，如编个岔曲，写副春联，他总是用汉文去思索，一回也没考虑过可否试用满文。当他看到满、汉文并用的匾额或碑碣，他总是欣赏上面的汉字的秀丽或刚劲，而对旁边的满字便只用眼角照顾一下，敬而远之。至于北京话呀，他说的是那么漂亮，以致使人认为他是这种高贵语言的创造者。即使这与历史不大相合，至少他也应该分享"京腔"创作者的一份儿荣誉。是的,他的前辈们不但把一些满文词儿收纳在汉语之中,而且创造了一种轻脆快当的腔调;到了他这一辈,这腔调有时候过于轻脆快当,以致有时候使外乡人听不大清楚。

可是,惊人之笔是在这里:他是个油漆匠!我的大舅是三品亮蓝顶子的参领,而儿子居然学过油漆彩画,谁能说他不是半个旗人呢?我大姐的婚事是我大舅给做的媒人。大姐婆婆是子爵的女儿、佐领的太太,按理说她绝对不会要个旗兵的女儿做儿媳妇,不管我大姐长的怎么俊秀,手脚怎么利落。大舅的亮蓝顶子起了作用。大姐的公公不过是四品呀。在大姐结婚的那天,大舅亲自出马做送亲老爷,并且约来另一位亮蓝顶子的,和两位红顶子的,二蓝二红,都戴花翎,组成了出色的送亲队伍。而大姐的婆婆呢,本来可以约请四位红顶子的来迎亲,可是她以为我们绝对没有能力组织个强大的队伍,所以只邀来四位五品官儿,省得把我们都吓坏了。结果,我们取得了绝对压倒的优势,大快人心!受了这个打击,大姐婆婆才不能不管我母亲叫亲家太太,而姑母也乘胜追击,郑重声明:她的丈夫(可能是汉人!)也做过二品官!

大姐后来嘱咐过我,别对她婆婆说,二哥福海是拜过师的油漆匠。是的,若是当初大姐婆婆知道二哥的底细,大舅作媒能否成功便大有问题了,虽然他的失败也不见得对大姐有什么不利。

二哥有远见,所以才去学手艺。按照我们的佐领制度,旗人是没有什么自由的,不准随便离开本旗,随便出京;尽管可以去学手艺,可是难免受人家的轻视。他应该去当兵,骑马射箭,保卫大清皇朝。可是,旗族人口越来越多,而旗兵的数目是有定额的。于是,老大老二也许补上缺,吃上钱粮,而老三老四就只好赋闲。这样,一家子若有几个白丁,生活就不能不越来越困难。这种制度曾经扫南荡北,打下天下;这种制度可也逐渐使旗人失去自由,失去自信,还有多少人终身失业。

同时,吃空头钱粮的在在皆是,又使等待补缺的青年失去有缺即补的机会。我姑母,一位寡妇,不是吃着好几份儿钱粮么?

我三舅有五个儿子,都虎头虎脑的,可都没有补上缺。可是,他们住在郊外,山高皇帝远。于是这五虎将就种地的种地,学手艺的学手艺,日子过得很不错。福海二哥大概是从这里得到了启发,决定自己也去学一门手艺。二哥也看得很清楚:他的大哥已补上了缺,每月领四两银子;那么他自己能否也当上旗兵,就颇成问题。以他的聪明能力而当一辈子白丁,甚至连个老婆也娶不上,可怎么好呢?他的确有本领,骑术箭法都很出色。可是,他的本领只足以叫他去做枪手,替崇家的小罗锅,或明家的小瘸子去箭中红心,得到钱粮。是呀,就是这么一回事:他自己有本领,而补不上缺,小罗锅与小瘸子肯花钱运动,就能通过枪手而当兵吃饷!二哥在得一双青缎靴子或几两银子的报酬而外,还看明白:怪不得英法联军直入公堂地打进北京,烧了圆明园!凭吃几份儿饷银的寡妇、小罗锅、小瘌子,和像大姐公公那样的佐领、像大姐夫那样的骁骑校,怎么能挡得住敌兵呢!他决定去学手艺!是的,历史发展到一定的阶段,总会有人,像二哥,多看出一两步棋的。

大哥不幸一病不起,福海二哥才有机会补上了缺。于是,到该上班的时候他就去上班,没事的时候就去作点油漆活儿,两不耽误。老亲旧友们之中,有的要漆一漆寿材,有的要油饰两间屋子以备娶亲,就都来找他。他会替他们省工省料,而且活儿做得细致。

当二哥做活儿的时候,他似乎忘了他是参领的儿子,吃着钱粮的旗兵。他的工作服,他的认真的态度,和对师兄师弟的亲热,都叫他变成另一个人,一个汉人,一个工人,一个顺治与康熙所想象不到的旗人。

二哥还信白莲教!他没有造反、推翻皇朝的意思,一点也没有。他只是为坚守不动烟酒的约束,而入了"理门"。本来,在友人让烟让酒的时候,他拿出鼻烟壶,倒出点茶叶末颜色的闻药来,抹在鼻孔上,也就够了。大家不会强迫一位"在理儿的"破戒。可是,他偏不说自己"在理儿",而说:我是白莲教!不错,"理门"确与白莲教有些关系,可是在一般人的心目中,"在理儿"是好事,而白莲教便有些可怕了。母亲便对他说过:"老二,在理儿的不动烟酒,很好!何必老说白莲教呢,叫人怪害怕的!"二哥听了,便爽朗地笑一阵:"老太太!我这个白莲教不会造反!"母亲点点头:"对!那就好!"

大姐夫可有不同的意见。在许多方面，他都敬佩二哥。可是，他觉得二哥的当油漆匠与自居为白莲教徒都不足为法。大姐夫比二哥高着一寸多。二哥若是虽矮而不显着矮，大姐夫就并不太高而显着晃晃悠悠。干什么他都慌慌张张，冒冒失失。长脸，高鼻子、大眼睛，他坐定了的时候显得很清秀体面。可是，他总坐不住，像个手脚不识闲的大孩子。一会儿，他要看书，便赶紧拿起一本《五虎平西》——他的书库里只有一套《五虎平西》，一部《三国志演义》，四五册小唱本儿，和他幼年读过的一本《六言杂字》。刚拿起《五虎平西》，他想起应当放鸽子，于是顺手儿把《五虎平西》放在窗台上，放起鸽子来。赶到放完鸽子，他到处找《五虎平西》，急得又嚷嚷又跺脚。及至一看它原来就在窗台上，便不去管它，而哼哼唧唧地往外走，到街上去看出殡的。

他很珍视这种想干什么就干什么的"自由"。他以为这种自由是祖宗所赐，应当传之永远，"子子孙孙永宝用"！因此，他觉得福海二哥去当匠人是失去旗人的自尊心，自称白莲教是同情叛逆。前些年，他不记得是哪一年了，白莲教不是造过反吗？

在我降生前的几个月里，我的大舅、大姐的公公和丈夫，都真着了急。他们都激烈地反对变法。大舅的理由很简单，最有说服力：祖宗定的法不许变！大姐公公说不出更好的道理来，只好补充了一句：要变就不行！事实上，这两位官儿都不大知道要变的是哪一些法，而只听说：一变法，旗人就须自力更生，朝廷不再发给钱粮了。

大舅已年过五十，身体也并不比大舅妈强着多少，小辫儿须续上不少假头发才勉强够尺寸，而且因为右肩年深日久地向前探着，小辫儿几乎老在肩上扛着，看起来颇欠英武。自从听说要变法，他的右肩更加突出，差不多是斜着身子走路，像个断了线的风筝似的。

大姐的公公很硬朗，腰板很直，满面红光。他每天一清早就去溜鸟儿，至少要走五六里路。习以为常，不走这么多路，他的身上就发僵，而且鸟儿也不歌唱。尽管他这么硬朗，心里海阔天空，可是听到铁杆庄稼有点动摇，也颇动心，他的咳嗽的音乐性减少了许多。他找了我大舅去。

笼子还未放下，他先问有猫没有。变法虽是大事，猫若扑伤了蓝靛颏儿，事情可也不小。

"云翁！"他听说此地无猫，把鸟笼放好，有点急切地说："云翁！"

大舅的号叫云亭。在那年月，旗人越希望永远作旗人，子孙万代，可也越爱模仿汉人。最初是高级知识分子，在名字而外，还要起个字雅音美的号。慢慢地，连参领佐领们也有名有号，十分风雅。到我出世的时候，连原来被称为海二哥和恩四爷的旗兵或白丁，也都什么臣或什么甫起来。是的，亭、臣、之、甫是四个最时行的字。大舅叫云亭，大姐的公公叫正臣，而大姐夫别出心裁地自称多甫，并且在自嘲的时节，管自己叫豆腐。多甫也罢，豆腐也罢，总比没有号好的多。若是人家拱手相问：您台甫？而回答不出，岂不比豆腐更糟么？

大舅听出客人的语气急切，因而不便马上动问。他比客人高着一品，须拿出为官多年，经验丰富，从容不迫的神态来。于是，他先去看鸟，而且相当内行地夸赞了几句。直到大姐公公又叫了两声云翁，他才开始说正经话："正翁！我也有点不安！真要是自力更生，您看，您看，我五十多了，头发掉了多一半，肩膀越来越歪，可叫我干什么去呢？这不是什么变法，是要我的老命！"

"嘻！是！"正翁轻嗽了两下，几乎完全没有音乐性。"是！出那样主意的人该剐！正翁，您看我，我安分守己，自幼儿就不懂要星星，要月亮！可是，我总得穿得整整齐齐，干干净净吧？我总得炒点腰花，来个木樨肉下饭吧？我总不能不天天买点嫩羊肉，喂我的蓝靛颏儿吧？难道这些都是不应该的？应该！应该！"

"咱们哥儿们没做过一件过分的事！"

"是嘛！真要是不再发钱粮，叫我下街去卖……"正翁把手捂在耳朵上，学着小贩的吆喝，眼中含着泪，声音凄楚："赛梨口耶，辣来换！我，我……"他说不下去了。"正翁，您的身子骨儿比我结实多了。我呀，连卖半空儿多给，都受不了啊！"

"云翁！云翁！您听我说！就是给咱们每人一百亩地，自耕自种，咱们有办法没有？"

"由我这儿说，没有！甭说我拿不动锄头，就是拿得动，我要不把大拇脚趾头锄掉了，才怪！"

老哥俩又讨论了许久，毫无办法。于是就一同到天泰轩去，要了一斤半柳泉居自制的黄酒，几个小烧（烧子盖与炸鹿尾之类），吃喝得相当满意。吃完，谁也没带着钱，于是都争取记在自己的账上，让了有半个多钟头。

可是，在我降生的时候，变法之议已经完全作罢，而且杀了几位主张变法的人。云翁与正翁这才又安下心去，常在天泰轩会面。每逢他们听到卖萝卜的"赛梨口耶，辣来换"的呼声，或卖半空花生的"半空儿多给"的吆喝，他们都有点怪不好意思；做了这么多年的官儿，还是沉不住气呀！

多甫大姐夫，在变法潮浪来得正猛的时节，佩服了福海二哥，并且不大出门，老老实实地在屋中温习《六言杂字》。他非常严肃地跟大姐讨论："福海二哥真有先见之明！我看咱们也得想个法！"

"对付吧！没有过不去的事！"大姐每逢遇到难以解决的问题，总是拿出这句名言来。

"这回呀，就怕对付不过去！"

"你有主意，就说说吧！多甫！"大姐这样称呼他，觉得十分时髦、漂亮。

"多甫？我是大豆腐！"大姐夫惨笑了几声。"现而今，当瓦匠、木匠、厨子、裱糊匠什么的，都有咱们旗人。""你打算……"大姐微笑地问，表示嫁鸡随鸡，嫁狗随狗，他去学什么手艺，她都不反对。

"学徒,来不及了!谁收我这么大的徒弟呢?我看哪,我就当鸽贩子去,准行!鸽子是随心草儿,不爱,白给也不要;爱,十两八两也肯花。甭多了,每月我只做那么一两号俏买卖,就够咱们俩吃几十天的!"

"那多么好啊!"大姐信心不大地鼓舞着。

大姐夫挑了两天,才狠心挑出一对紫乌头来,去作第一号生意。他并舍不得出手这一对,可是朝廷都快变法了,他还能不坚强点儿么?及至到了鸽子市上,认识他的那些贩子们一口一个多甫大爷,反倒卖给他两对鸽铃,一对凤头点子。到家细看,凤头是用胶水黏合起来的。他没敢再和大姐商议,就偷偷撤销了贩卖鸽子的决定。

变法的潮浪过去了,他把大松辫梳成小紧辫,模仿着库兵,横眉立目地满街走,倒仿佛那些维新派是他亲手消灭了的。同时,他对福海二哥也不再那么表示钦佩。反之,他觉得二哥是脚踩两只船,有钱粮就当兵,没有钱粮就当油漆匠,实在不能算个地道的旗人,而且难免白莲教匪的嫌疑。

书归正传:大舅妈拜访完了我的姑母,就同二哥来看我们。大舅妈问长问短,母亲有气无力地回答,老姐儿们都落了点泪。收起眼泪,大舅妈把我好赞美了一顿:多么体面哪!高鼻子,大眼睛,耳朵有多么厚实!

福海二哥笑起来:"老太太,这个小兄弟跟我小时候一样的不体面!刚生下来的娃娃都看不出模样来!你们老太太呀……"他没往下说,而又哈哈了一阵。

母亲没表示意见，只叫了声："福海！"

"是！"二哥急忙答应，他知道母亲要说什么。"您放心，全交给我啦！明天洗三，七姥姥八姨的总得来十口八口儿的，这儿二妹妹管装烟倒茶，我跟小六儿（小六儿是谁，我至今还没弄清楚）当厨子，两杯水酒，一碟炒蚕豆，然后是羊肉酸菜热汤儿面，有味儿没味儿，吃个热乎劲儿。好不好？您哪！"

母亲点了点头。

"有爱玩小牌儿的，四吊钱一锅。您一丁点心都别操，全有我呢！完了事，您听我一笔账，决不会叫您为难！"说罢，二哥转向大舅妈："我到南城有点事，太阳偏西，我来接您。"大舅妈表示不肯走，要在这儿陪伴着产妇。

二哥又笑了："奶奶，您算了吧！凭您这全本连台的咳嗽，谁受得了啊！"

这句话正碰在母亲的心坎上。她需要多休息、睡眠，不愿倾听大舅妈的咳嗽。二哥走后，大舅妈不住地叨唠：这个二鬼子！这个二鬼子！

可是"二鬼子"的确有些本领，使我的洗三办得既经济，又不完全违背"老妈妈论"的原则。

第四章

　　大姐既关心母亲，又愿参加小弟弟的洗三典礼。况且，一回到娘家，她便是姑奶奶，受到尊重：在大家的眼中，她是个有出息的小媳妇，既没给娘家丢了人，将来生儿养女，也能升为老太太，代替婆婆——反正婆婆有入棺材的那么一天。她渴望回家。是的，哪怕在娘家只呆半天儿呢，她的心中便觉得舒畅，甚至觉得只有现在多受些磨炼，将来才能够成仙得道，也能像姑母那样，坐在炕沿上吸两袋兰花烟。是呀，现在她还不敢吸兰花烟，可是已经学会了嚼槟榔——这大概就离吸兰花烟不太远了吧。

　　有这些事在她心中，她睡不踏实，起来的特别早。也没顾得看三星在哪里，她就上街去给婆婆买油条与烧饼。在那年月，粥铺是在夜里三点左右就开始炸油条，打烧饼的。据说，连上早朝的王公大臣们也经常用烧饼、油条当作早点。大姐婆婆的父亲，子爵，上朝与否，我不知道。子爵的女儿可可的确继承了吃烧饼与油条的传统，并且是很早就起床，梳洗完了就要吃，吃完了发困可以再睡。于是，这个传统似乎专为折磨我的大姐。

　　西北风不大，可很尖锐，一会儿就把大姐的鼻尖、耳唇都吹红。她不由地说出来:"喝!干冷!"这种北京特有的干冷,往往冷得使人痛快。即使大姐心中有不少的牢骚,她也不能不痛快地这么说出来。说罢,她加紧了脚步。身上开始发热,可是她反倒打了个冷战,由心里到四肢都那么颤动了一下,很舒服,像吞下一小块冰那么舒服。她看了看天空,每颗星都是那么明亮、清凉、轻颤,使她想起孩子们的纯洁、发光的眼睛来。她笑了笑,嘟囔着:只要风别大起来,今天必是个晴美的日子!小弟弟有点来历,洗三遇上这么好的天气!

想到这里,她恨不能马上到娘家去,抱一抱小弟弟!

不管她怎样想回娘家,她可也不敢向婆婆去请假。假若她大胆地去请假,她知道,婆婆必定点头,连声地说:克吧!克吧!("克"者"去"也)她是子爵的女儿,不能毫无道理地拒绝儿媳回娘家。可是,大姐知道,假若她依实地"克"了,哼,婆婆的毒气口袋就会垂到胸口上来。不,她须等待婆婆的命令。

命令始终没有下来。首先是:别说母亲只生了一个娃娃,就是生了双胞胎,只要大姐婆婆认为她是受了煤气,便必定是受了煤气,没有别的可说!第二是:虽然她的持家哲理是:放胆去赊,无须考虑怎样还债;可是,门口儿讨债的过多,究竟有伤子爵女儿、佐领太太的尊严。她心里不大痛快。于是,她喝完了粳米粥,吃罢烧饼与油条,便计划着先跟老头子闹一场。可是,佐领提前了溜鸟的时间,早已出去。老太太扑了个空,怒气增长了好几度,赶快拨转马头,要生擒骁骑校。

可是，骁骑校偷了大姐的两张新红票子，很早就到街上吃了两碟子豆儿多、枣儿甜的盆糕，喝了一碗杏仁茶。老太太找不到男的官校，只好向女将挑战。她不发命令，而端坐在炕沿上叨唠：这，这哪像过日子！都得我操心吗？现成的事，摆在眼皮子前边的事，就看不见吗？没长着眼睛吗？有眼无珠吗？有珠无神吗？不用伺候我，我用不着谁来伺候！佛爷，连佛爷也不伺候吗？眼看就过年，佛桌上的五供擦了吗？

大姐赶紧去筛炉灰，筛得很细，预备去擦五供。端着细炉灰面子，到了佛桌前，婆婆已经由神佛说到人间：啊！箱子、柜子、连三上的铜活就不该动动手吗？我年轻的时候，凡事用不着婆婆开口，该做什么就做什么！

大姐不敢回话。无论多么好听的话，若在此刻说出来，都会变成反抗婆婆，不服调教。可是，要是什么也不说，低着头干活儿呢，又会变成：对！拿蜡扦儿杀气，心里可咒骂老不死的，老不要脸的！那，那该五雷轰顶！

大姐含着泪，一边擦，一边想主意：要在最恰当的时机，去请教婆母怎么做这，或怎么做那。她把回娘家的念头完全放在了一边。待了一会儿，她把泪收起去，用极大的努力把笑意调动到脸上来：奶奶，您看看，我擦得还像一回事儿吗？婆婆只哼了一声，没有指示什么，原因很简单，她自己并没擦过五供。

果然是好天气，刚到九点来钟，就似乎相当暖和了。天是那么高，那么蓝，阳光是那么亮，连大树上的破老鸹窝看起来都有些画意了。俏皮的喜鹊一会儿在东，一会儿在西，喳喳地赞美着北京的冬晴。

大姐婆婆叨唠到一个阶段，来到院中，似乎是要质问太阳与青天，干么这样晴美，可是，一出来便看见了多甫养的鸽子，于是就谴责起紫乌与黑玉翅来：养着你们干什么？就会吃！你们等着吧，一高兴，我全把你们宰了！

大姐在屋里大气不敢出。她连叹口气的权利也没有！

在我们这一方面，母亲希望大姐能来。前天晚上，她几乎死去。既然老天爷没有收回她去，她就盼望今天一家团圆，连出嫁了的女儿也在身旁。可是，她也猜到大女儿可能来不了。谁叫人家是佐领，而自己的身份低呢！母亲不便于说什么，可是脸上没有多少笑容。

姑母似乎在半夜里就策划好：别人办喜事，自己要不发发脾气，那就会使喜事办的平平无奇，缺少波澜。到九点钟，大姐还没来，她看看太阳，觉得不甩点闲话，一定对不起这么晴朗的阳光。

"我说，"她对着太阳说，"太阳这么高了，大姑奶奶怎么还不露面？一定，一定又是那个大酸枣眼睛的老梆子不许她来！我找她去，跟她讲讲理！她要是不讲理，我把她的酸枣核儿抠出来！"

母亲着了急。叫二姐请二哥去安慰姑母："你别出声，叫二哥跟她说。"

二哥正跟小六儿往酒里对水。为省钱，他打了很少的酒，所以得设法使这一点酒取之不尽,用之不竭。二姐拉了拉他的袖子,往外指了指。他拿着酒壶出来,极亲热地走向姑母:"老太太,您闻闻,有酒味没有?"

"酒嘛,怎能没酒味儿,你又憋着什么坏呢?"

"是这么回事,要是酒味儿太大,还可以再对点水!""你呀,老二,不怪你妈妈叫你二鬼子!"姑母无可如何地笑了。

"穷事儿穷对付,就求个一团和气!是不是?老太太!"见没把姑母惹翻,急忙接下去:"吃完饭,我准备好,要赢您四吊钱,买一斤好杂拌儿吃吃!敢来不敢?老太太!""好小子,我接着你的!"姑母听见要玩牌,把酸枣眼睛完全忘了。

母亲在屋里叹了口气,十分感激内侄福海。

九点多了,二哥所料到要来贺喜的七姥姥八姨们陆续来到。二姐不管是谁,见面就先请安,后倒茶,非常紧张。她的脸上红起来,鼻子上出了点汗,不说什么,只在必要的时候笑一下。因此,二哥给她起了个外号,叫"小力笨"。姑母催开饭,为是吃完好玩牌。二哥高声答应:"全齐喽!"

所谓"全齐喽"者,就是腌疙疸缨儿炒大蚕豆与肉皮炸辣酱都已炒好,酒也对好了水,千杯不醉。"酒席"虽然如此简单,入席的礼让却丝毫未打折扣:"您请上坐!""那可不敢当!不敢当!""您要不那么坐,别人就没法儿坐了!"直到二哥发出呼吁:"快坐吧,菜都凉啦!"大家才恭敬不如从命地坐下。酒过三巡(谁也没有丝毫醉意),菜过两味(蚕豆与肉皮酱），"宴会"进入紧张阶段——热汤面上来了。大家似乎都忘了礼让，甚至连说话也忘了，屋中好一片吞面条的响声，排山倒海，虎啸龙吟。二哥的头上冒了汗："小六儿，照这个吃法，这点面兜不住啊！"小六儿急中生智："多对点水！"二哥轻轻呸了一声："呸！面又不是酒，对水不成了糨糊吗？快去！"二哥掏出钱来（这笔款，他并没向我母亲报账）："快去，到金四把那儿，能烙饼，烙五斤大饼；要是等的功夫太大，就拿些芝麻酱烧饼来，快！"（那时候的羊肉铺多数带卖烧饼、包子、并代客烙大饼。）

小六儿聪明：看出烙饼需要时间，就拿回一炉热烧饼和两屉羊肉白菜馅的包子来。风卷残云，顷刻之间包子与烧饼踪影全无。最后，轮到二哥与小六儿吃饭。可是，吃什么呢？二哥哈哈地笑了一阵，而后指示小六儿："你呀，小伙子，回家吃去吧！"我至今还弄不清小六儿是谁，可是每一想到我的洗三典礼，便觉得对不起他！至于二哥吃了没吃，我倒没怎么不放心，我深知他是有办法的人。

快到中午，天晴得更加美丽。蓝天上，这儿一条，那儿一块，飘着洁白光润的白云。西北风儿稍一用力，这些轻巧的白云便化为长长的纱带，越来越长，越薄，渐渐又变成一些似断似续的白烟，最后就不见了。小风儿吹来各种卖年货的呼声：卖供花的、松柏枝的、年画的……一声尖锐，一声雄浑，忽远忽近，中间还夹杂着几声花炮响，和剃头师傅的"唤头"声。全北京的人都预备过年，都在这晴光里活动着，买的买，卖的卖，着急的着急，寻死的寻死，也有乘着年前娶亲的，一路吹着唢呐，打着大鼓。只有我静静的地躺在炕中间，垫着一些破棉花，不知道想些什么。

据说，冬日里我们的屋里八面透风，炕上冰凉，夜间连杯子里的残茶都会冻上。今天，有我在炕中间从容不迫地不知想些什么，屋中的形势起了很大的变化。屋里很暖，阳光射到炕上，照着我的小红脚丫儿。炕底下还升着一个小白铁炉子。里外的暖气合流，使人们觉得身上，特别是手背与耳唇，都有些发痒。从窗上射进的阳光里面浮动着多少极小的，发亮的游尘，像千千万万无法捉住的小行星，在我的头上飞来飞去。

这时候，在那达官贵人的晴窗下，会晒着由福建运来的水仙。他们屋里的大铜炉或地炕发出的热力，会催开案上的绿梅与红梅。他们的摆着红木炕桌，与各种古玩的小炕上，会有翠绿的蝈蝈，在阳光里展翅轻鸣。他们的廊下挂着的鸣禽，会对着太阳展展双翅，唱起成套的歌儿来。他们的厨子与仆人会拿进来内蒙古的黄羊、东北的锦鸡，预备作年菜。阳光射在锦鸡的羽毛上，发出五色的闪光。

我们是最喜爱花木的，可是我们买不起梅花与水仙。我们的院里只有两株歪歪拧拧的枣树，一株在影壁后，一株在南墙根。我们也爱小动物，可是养不起画眉与靛颏儿，更没有时间养过冬的绿蝈蝈。只有几只麻雀一会儿落在枣树上，一会儿飞到窗台上，向屋中看一看。这几只麻雀也许看出来：我不是等待着梅花与水仙吐蕊，也不是等待着蝈蝈与靛颏儿鸣叫，而是在一小片阳光里，等待着洗三，接受几位穷苦旗人们的祝福。

外间屋的小铁炉上正煎着给我洗三的槐枝艾叶水。浓厚的艾香与老太太们抽的兰花烟味儿混合在一处，香暖而微带辛辣，也似乎颇为吉祥。大家都盼望"姥姥"快来，好祝福我不久就成为一个不受饥寒的伟大人物。

姑母在屋里转了一圈儿，向炕上瞟了一眼，便与二哥等组织牌局，到她的屋中鏖战。她心中是在祝福我，还是诅咒我，没人知道。

正十二点，晴美的阳光与尖溜溜的小风把白姥姥和她的满腹吉祥话儿，送进我们的屋中。这是老白姥姥，五十多岁的一位矮白胖子。她的腰背笔直，干净利落，使人一见就相信，她一天接下十个八个男女娃娃必定胜任愉快。她相当的和蔼，可自有她的威严——我们这一带的二十来岁的男女青年都不敢跟她开个小玩笑，怕她提起：别忘了谁给你洗的三！她穿得很素静大方，只在俏美的缎子"帽条儿"后面斜插着一朵明艳的红绢石榴花。

前天来接生的是小白姥姥，老白姥姥的儿媳妇。小白姥姥也干净利落，只是经验还少一些。前天晚上出的岔子，据她自己解释，并不能怨她，而应归咎于我母亲的营养不良，身子虚弱。这，她自己可不便来对我母亲说，所以老白姥姥才亲自出马来给洗三。老白姥姥现在已是名人，她从哪家出来，人们便可断定又有一位几品的世袭罔替的官儿或高贵的千金降世。那么，以她的威望而肯来给我洗三，自然是含有道歉之意。这，谁都可以看出来，所以她就不必再说什么。我母亲呢，本想说两句，可是又一想，若是惹老白姥姥不高兴而少给老儿子说几句吉祥话，也大为不利。于是，母亲也就一声没出。

姑母正抓到一手好牌，传过话来：洗三典礼可以开始，不必等她。

母亲不敢依实照办。过了一会儿，打发二姐去请姑母，而二姐带回来的话是："我说不必等我，就不必等我！"典礼这才开始。

白姥姥在炕上盘腿坐好，宽沿的大铜盆（二哥带来的）里倒上了槐枝艾叶熬成的苦水，冒着热气。参加典礼的老太太们、媳妇们，都先"添盆"，把一些铜钱放入盆中，并说着吉祥话儿。几个花生，几个红、白鸡蛋，也随着"连生贵子"等祝词放入水中。这些钱与东西，在最后，都归"姥姥"拿走。虽然没有去数，我可是知道落水的铜钱并不很多。正因如此，我们才不能不感谢白姥姥的降格相从，亲自出马，同时也足证明小白姥姥惹的祸大概并不小。

边洗边说，白姥姥把说过不知多少遍的祝词又一句不减地说出来："先洗头，做王侯；后洗腰，一辈倒比一辈高；洗洗蛋，做知县；洗洗沟，做知州！"大家听了，更加佩服白姥姥——她明知盆内的铜钱不多，而仍把吉祥话说得完完全全，不偷工减料，实在不易多得！虽然我后来既没做知县，也没做知州，我可也不能不感谢她把我的全身都洗得干干净净，可能比知县、知州更干净一些。

洗完,白姥姥又用姜片艾团灸了我的脑门和身上的各重要关节。因此,我一直到年过花甲都没闹过关节炎。她还用一块新青布,沾了些清茶,用力擦我的牙床。我就在这时节哭了起来;误投误撞,这一哭原是大吉之兆!在老妈妈们的词典中,这叫作"响盆"。有无始终坚持不哭、放弃吉利的孩子,我就不知道了。最后,白姥姥拾起一根大葱打了我三下,口中念念有词:"一打聪明,二打伶俐!"这到后来也应验了,我有时候的确和大葱一样聪明。

这棵葱应当由父亲扔到房上去。就在这紧要关头,我父亲回来了。屋中的活跃是无法形容的!他一进来,大家便一齐向他道喜。他不知请了多少安,说了多少声"道谢啦!"可是眼睛始终瞭着炕中间。我是经得起父亲的鉴定的,浑身一尘不染,满是槐枝与艾叶的苦味与香气,头发虽然不多不长,却也刚刚梳过。我的啼声也很雄壮。父亲很满意,于是把褡裢中两吊多钱也给了白姥姥。

父亲的高兴是不难想象的。母亲生过两个男娃娃,都没有养住,虽然第一个起名叫"黑妞",还扎了耳朵眼,女贱男贵,贱者易活,可是他竟自没活许久。第二个是母亲,在除夕吃饺子的时候,到门外去叫:"黑小子、白小子,上炕吃饺子!"那么叫来的白小子。可是这么来历不凡的白小子也没有吃过多少回饺子便"回去"了,原因不明,而确系事实。后来,我每逢不好好地睡觉,母亲就给我讲怎么到门外叫黑小子、白小子的经过,我便赶紧蒙起头来,假装睡去,唯恐叫黑、白二小子看见!

父亲的模样,我说不上来,因为还没到我能记清楚他的模样的时候,他就逝世了。这是后话,不用在此多说。我只能说,他是个"面黄无须"的旗兵,因为在我八九岁时,我偶然发现了他出入皇城的那面腰牌,上面烫着"面黄无须"四个大字。

虽然大姐没有来,小六儿没吃上饭,和姑母既没给我"添盆",反倒赢了好几吊钱,都是美中不足,可是整个的看来,我的洗三典礼还算过得去,既没有人挑眼,也没有喝醉了吵架的——十分感谢二哥和他的"水酒"!假若一定问我,有什么值得写入历史的事情,我倒必须再提一提便宜坊的老王掌柜。他也来了,并且送给我们一对猪蹄子。

老王掌柜是胶东人,从八九岁就来京学习收拾猪蹄与填鸭子等技术。到我洗三的时候,他已在北京过了六十年,并且一步一步地由小力笨升为大徒弟,一直升到跑外的掌柜。他从庆祝了自己的三十而立的诞辰起,就想自己去开个小肉铺,独力经营,大展经纶。可是,他仔细观察,后起的小肉铺总是时开时闭,站不住脚。就连他的东家们也把便宜坊的雅座撤销,不再附带卖酒饭与烤鸭。他注意到,老主顾们,特别是旗人,越来买肉越少,而肉案子上切肉的技术不能不有所革新——须把生肉切得片儿大而极薄极薄,像纸那么薄,以便看起来块儿不小而分量很轻,因为买主儿多半是每次只买一二百钱的(北京是以十个大钱当作一吊的,一百钱实在是一个大钱）。

老王掌柜常常用他的胶东化的京腔，激愤而缠绵地说：钱都上哪儿气（去）了？上哪儿气了！

那年月，像王掌柜这样的人，还不敢乱穿衣裳。直到他庆贺华甲之喜的时节，他才买了件缎子面的二茬儿羊皮袍，可是每逢穿出来，上面还罩上浆洗之后像铁板那么硬的土蓝布大衫。他喜爱这种土蓝布。可是，一来二去，这种布几乎找不到了。他得穿那"唰唰"乱响的竹布。乍一穿起这有声有色的竹布衫，连家犬带野狗都一致汪汪地向他抗议。后来，全北京的老少男女都穿起这种洋布，而且差不多把竹布衫视为便礼服，家犬、野狗才也逐渐习惯下来，不再乱叫了。老王掌柜在提着钱口袋去要账的时候，留神观看，哼，大街上新开的铺子差不多都有个"洋"字，洋货店、洋烟店等等。就是那小杂货铺也有洋纸洋油出售，连向来带卖化妆品，而且自造鹅胰宫皂的古色古香的香烛店也陈列着洋粉、洋碱与洋沤子。甚至于串胡同收买破鞋烂纸的妇女们，原来吆喝"换大肥头子儿"，也竟自改为"换洋取灯儿"！

一听见"换洋取灯儿"的呼声，老王掌柜便用力敲击自己的火镰，燃起老关东烟。可是，这有什么用呢？洋缎、洋布、洋粉、洋取灯儿、洋钟、洋表，还有洋枪，像潮水一般地涌进来，绝对不是他的火镰所能挡住的。他是商人，应当见钱眼开，可是他没法去开一座洋猪肉铺，既卖熏鸡酱肉，也卖洋油洋药！他是商人，应当为东家们赚钱。若是他自己开了买卖，便须为自己赚钱。可是,钱都随着那个"洋"字流到外洋去了!他怎么办呢?

"钱都上哪儿气了?"似乎已有了答案。他放弃了独力经营肉铺,大发财源的雄心,而越来越恨那个"洋"字。尽管他的布衫是用洋针、洋线、洋布做成的,无可抗拒,可是他并不甘心屈服。他公开地说,他恨那些洋玩意儿!及至他听到老家胶东闹了教案,洋人与二洋人骑住了乡亲们的脖子,他就不只恨洋玩意儿了——

在他刚一入京的时候,对于旗人的服装打扮,规矩礼节,以及说话的腔调,他都看不惯、听不惯,甚至有些反感。他也看不上他们的逢节按令挑着样儿吃,赊着也得吃的讲究与作风,更看不上他们的提笼架鸟,飘飘欲仙地摇来晃去的神气与姿态。可是,到了三十岁,他自己也玩上了百灵,而且和他们一交换养鸟的经验,就能谈半天儿,越谈越深刻,也越亲热。他们来到,他既要作揖,又要请安,结果是发明了一种半揖半安的,独具风格的敬礼。假若他们来买半斤肉,他却亲热地建议:拿只肥母鸡!看他们有点犹疑,他忙补充上:拿吧!先记上账!

赶到他有个头疼脑热,不要说提笼架鸟的男人们来看他,给他送来清瘟解毒丸,连女人们也派孩子来慰问。他不再是"小山东儿",而是王掌柜,王大哥,王叔叔。他渐渐忘了他们是旗人,变成他们的朋友。虽然在三节要账的时候,他还是不大好对付,可是遇到谁家娶亲,或谁家办满月,他只要听到消息，便拿着点东西来致贺。"公是公，私是私"，他对大家交代清楚。他似乎觉得：清朝皇上对汉人如何是另一回事，大家伙儿既谁也离不开谁，便无妨做朋友。于是，他不但随便去串门儿，跟大家谈心，而且有权拉男女小孩的"骆驼"。在谈心的时候，旗兵们告诉了他，上边怎样克扣军饷，吃空头钱粮，营私舞弊，贪污卖缺。他也说出汉人们所受的委屈和对洋布与洋人的厌恶。彼此了解了，也就更亲热了——

拿着一对猪蹄子，他来庆祝我的洗三。二哥无论怎么让他，他也不肯进来，理由是："年底下了，柜上忙！"二哥听到"年底下"，不由地说出来："今年家家钱紧，您……"王掌柜叹了口气："钱紧也得要账，公是公，私是私！"说罢，他便匆忙地走开。大概是因为他的身上有酱肉味儿吧，我们的大黄狗一直乖乖地把他送到便宜坊门外。

第五章

是的,我一辈子忘不了那件事。并不因为他是掌柜的,也不因为他送来一对猪蹄子。因为呀,他是汉人。不错,在那年月,某些有房产的汉人宁可叫房子空着,也不肯租给满人和回民。可是,来京做生意的山东人、山西人和一般的卖苦力吃饭的汉人,都和我们穷旗兵们谁也离不开谁,穿堂过户。某些有钱有势的满人也还看不起汉人与回民,因而对我们这样与汉人、回民来来往往也不大以为然。不管怎样吧,他们是他们,我们是我们,谁也挡不住人民互相友好。

过了我的三天,就该过年。姑母很不高兴。她要买许多东西,而母亲在月子里,不能替她去买。幸而父亲在家,她不好意思翻脸,可是眉毛拧得很紧,腮上也时时抽动那么一下。二姐注意到:火山即快爆发。她赶快去和父亲商量。父亲决定:把她调拨给姑母,做采购专员。二姐明知这是最不好当的差事,可是无法推却。

"半斤高醋,到山西铺子去打;别心疼鞋;别到小油盐店去!听见没有?"姑母数了半天,才狠心地把钱交给小力笨兼专员。

醋刚打回来,二姐还没站稳。"还得去打香油,要小磨香油,懂吧?"姑母又颁布了旨意。

是的,姑母不喜欢一下子交出几吊钱来,一次买几样东西。她总觉得一样一样地买,每次出钱不多,便很上算。二姐是有耐心的。姑母怎么支使,她怎么办。她一点不怕麻烦,只是十分可怜她的鞋。赶到非买贵一些的东西不可了,姑母便亲自出马。她不愿把许多钱交给二姐,同时也不愿二姐知道她买那么贵的东西。她乘院里没人的时候,像偷偷溜走的小鱼似的溜出去。到街上,她看见什么都想买,而又都嫌太贵。在人群里,她挤来挤去,看看这,看看那,非常冷静,以免上当。结果,绕了两三个钟头,她什么也没买回来。直到除夕了,非买东西不可了,她才带着二姐一同出征。二姐提着筐子,筐子里放着各种小瓶小罐。这回,姑母不再冷静,在一个摊子上就买好几样东西,而且买的并不便宜。但是,她最忌讳人家说她的东西买贵了。所以二姐向母亲汇报的时候,总是把嘴放在母亲的耳朵上,而且用手把嘴遮得严严的才敢发笑。

我们的新年过得很简单。母亲还不能下地,二姐被调去做专员,一切都须由父亲操持。父亲虽是旗兵,可是已经失去二百年前的叱咤风云的气势。假若给他机会,他也会像正翁那样玩玩靛颏儿,坐坐茶馆,赊两只烧鸡,哼几句二黄或牌子曲。可是,他没有机会戴上顶子与花翎。北城外的二三十亩地早已被前人卖掉,只剩下一亩多,排列着几个坟头儿。旗下分给的住房,也早被他的先人先典后卖,换了烧鸭子吃。据说,我的曾祖母跟着一位满族大员到过云南等遥远的地方。那位大员得到多少元宝，已无可考查。我的曾祖母的任务大概是搀扶着大员的夫人上轿下轿，并给夫人装烟倒茶。在我们家里，对曾祖母的这些任务都不大提起，而只记得我们的房子是她购置的。

是的，父亲的唯一的无忧无虑的事就是每月不必交房租，虽然在六七月下大雨的时候，他还不能不着点急——院墙都是碎砖头儿砌成的，一遇大雨便塌倒几处。他没有嗜好，既不抽烟，也不赌钱，只在过节的时候喝一两杯酒，还没有放下酒杯，他便面若重枣。他最爱花草，每到夏季必以极低的价钱买几棵姥姥不疼、舅舅不爱的五色梅。至于洋麻绳菜与草茉莉等等，则年年自生自长，甚至不用浇水，也到时候就开花。到上班的时候，他便去上班。下了班，他照直地回家。回到家中，他识字不多，所以不去读书；家中只藏着一张画匠画的《王羲之爱鹅》，也并不随时观赏，因为每到除夕才找出来挂在墙上，到了正月十九就摘下来。他只出来进去，劈柴，看看五色梅，或刷一刷米缸。有人跟他说话，他很和气，低声地回答两句。没人问他什么，他便老含笑不语，整天无话可说。对人，他颇有礼貌。但在街上走的时候，他总是目不邪视，非到友人们招呼他，他不会赶上前去请安。每当母亲叫他去看看亲友，他便欣然前往。没有多大一会儿，他便打道回府。"哟！怎这么快就回来了？"我母亲问。父亲便笑那么一下，然后用布掸子"啪啪"地掸去鞋上的尘土。一辈子，他没和任何人打过架，吵过嘴。他比谁都更老实。可是，谁也不大欺负他，他是带着腰牌的旗兵啊。

在我十来岁的时候，我总爱刨根问底地问母亲：父亲是什么样子？母亲若是高兴，便把父亲的那些特点告诉给我。我总觉得父亲是个很奇怪的旗兵。

父亲把打过我三下的那棵葱扔到房上去，非常高兴。从这时候起，一直到他把《王羲之爱鹅》找出来，挂上，他不但老笑着，而且也先开口对大伙儿说话。他几乎是见人便问：这小子该叫什么呢？

研究了再研究，直到除夕给祖先焚化纸钱的时候，才决定了我的官名叫常顺，小名叫秃子，暂缺"台甫"。

在这之外，父亲并没有去买什么年货，主要的原因是没有钱。他可是没有忽略了神佛，不但请了财神与灶王的纸像，而且请了高香、大小红烛，和五碗还没有烙熟的月饼。他也煮了些年饭，用特制的小饭缸盛好，上面摆上几颗红枣，并覆上一块柿饼儿，插上一枝松枝，枝上还悬着几个小金纸元宝，看起来颇有新年气象。他简单地说出心中的喜悦："咱们吃什么不吃什么的都不要紧，可不能委屈了神佛！神佛赏给了我一个老儿子呀！"

除夕，母亲和我很早地就昏昏睡去，似乎对过年不大感兴趣。二姐帮着姑母作年菜，姑母一边工作，一边叨唠，主要是对我不满。"早不来，晚不来，偏偏在过年的时候来捣乱，贼秃子！"每逢她骂到满宫满调的时候，父亲便过来，笑着问问："姐姐，我帮帮您吧！"

"你？"姑母打量着他，好像向来不曾相识似的。"你不想想就说话！你想想，你会干什么？"

父亲含笑想了想，而后像与佐领或参领告辞那样，倒退着走出来。

街上，祭神的花炮逐渐多起来。胡同里，每家都在剁饺子馅儿，响成一片。赶到花炮与剁饺子馅的声响汇合起来，就有如万马奔腾，狂潮怒吼。在这一片声响之上，忽然这里，忽然那里，以压倒一切的声势，讨债的人敲着门环，"啪啪啪啪"，像一下子就连门带门环一齐敲碎，惊心动魄，人人肉跳心惊，连最顽强的大狗也颤抖不已，不敢轻易出声。这种声音引起多少低卑的央求，或你死我活的吵闹，夹杂着妇女与孩子们的哭叫。一些既要脸面，又无办法的男人们，为躲避这种声音，便在这诸神下界、祥云缭绕的夜晚，偷偷地去到城根或城外，默默地结束了这一生。

父亲独自包着素馅的饺子。他相当紧张。除夕要包素馅饺子是我家的传统，既为供佛，也省猪肉。供佛的作品必须精巧，要个儿姣小，而且在边缘上捏出花儿来，美观而结实——把饺子煮破了是不吉祥的。他越紧张，饺子越不听话，有的形似小船，有的像小老鼠，有的不管多么用力也还张着嘴。

除了技术不高，这恐怕也与"心不在焉"有点关系。他心中惦念着大女儿。他虽自己也是寅吃卯粮，可是的确知道这个事实，因而不敢不算计每一个钱的用途，免得在三节叫债主子敲碎门环子。而正翁夫妇与多甫呢，却以为赊到如白捡，绝对不考虑怎么还债。若是有人愿意把北海的白塔赊给他们，他们也毫不迟疑地接受。他想不明白，他们有什么妙策闯过年关，也就极不放心自己的大女儿。

母亲被邻近的一阵敲门巨响惊醒。她并没有睡实在了，心中也七上八下地惦记着大女儿。可是，她打不起精神来和父亲谈论此事，只说了声：你也睡吧！

除夕守岁，彻夜不眠，是多少辈子所必遵守的老规矩。父亲对母亲的建议感到惊异。他嗯了一声，照旧包饺子，并且找了个小钱，擦干净，放在一个饺子里，以便测验谁的运气好——得到这个饺子的，若不误把小钱吞下去，便会终年顺利！他决定要守岁，叫油灯、小铁炉、佛前的香火，都通宵不断。他有了老儿子，有了指望，必须叫灯火都旺旺的，气象峥嵘，吉祥如意！他还去把大绿瓦盆搬进来，以便储存脏水，过了"破五"再往外倒。在又包了一个像老鼠的饺子之后，他拿起皇历，看清楚财神、喜神的方位，以便明天清早出了屋门便面对着他们走。他又高兴起来，以为只要自己省吃俭用，再加上神佛的保佑，就必定会一顺百顺，四季平安！

夜半，街上的花炮更多起来，铺户开始祭神。父亲又笑了。他不大晓得云南是在东边，还是在北边，更不知道英国是紧邻着美国呢，还是离云南不远。只要听到北京有花炮"咚咚"地响着，他便觉得天下太平，皆大欢喜。

二姐噘着嘴进来，手上捧着两块重阳花糕，泪在眼圈儿里。她并不恼帮了姑母这么好几天，连点压岁钱也没得到。可是,接到两块由重阳放到除夕的古老的花糕,她冒了火!她刚要往地上扔,就被父亲拦住。"那不好,二姐!"父亲接过来那两块古色古香的点心,放在桌上。"二姐,别哭,别哭!那不吉祥!"二姐忍住了泪。

父亲掏出几百钱来,交给二姐:"等小李过来,买点糖豆什么的,当作杂拌吧!"他知道小李今夜必定卖到天发亮,许多买不起正规杂拌儿的孩子都在等着他。

不大会儿,小李果然过来了。二姐刚要往外走,姑母开开了屋门:"二姐,刚才,刚才我给你的……喂了狗吧!来,过来!"她塞到二姐手中一张新红钱票,然后口邦的一声关上了门。二姐出去,买了些糖豆大酸枣儿,和两串冰糖葫芦。回来,先问姑母:"姑姑,您不吃一串葫芦吗?白海棠的!"姑母回答了声:"睡觉喽!明年见!"

父亲看出来,若是叫姑母这么结束了今年,大概明年的一开头准会顺利不了。他赶紧走过去,在门外吞吞吐吐地问:"姐姐!不跟我、二姐,玩会儿牌吗?"

"你们存多少钱哪?"姑母问。

"赌铁蚕豆的!"

姑母哈哈地笑起来,笑完了一阵,"叱"的一声,吹灭了灯!

父亲回来,低声地说:我把她招笑了,大概明天不至于闹翻了天啦!

父女二人一边儿吃着糖豆儿,一边儿闲谈。

"大年初六,得接大姐回来。"二姐说。

"对!"

"给她什么吃呢?公公婆婆挑着样儿吃,大姐可什么也吃不着!"

父亲没出声。他真愿意给大女儿弄些好吃的,可是……

"小弟弟满月,又得……"二姐也不愿往下说了。

父亲本想既节约又快乐地度过除夕,可是无论怎样也快乐不起来了。他不敢怀疑大清朝的一统江山能否亿万斯年。可是,即使大清皇帝能够永远稳坐金銮宝殿,他的儿子能够补上缺,也当上旗兵,又怎么样呢?生儿子是最大的喜事,可是也会变成最发愁的事!

"小弟弟长大了啊,"二姐口中含着个铁蚕豆,想说几句漂亮的话,叫父亲高兴起来。"至小也得来个骁骑校,五品顶戴,跟大姐夫一样!"

"那又怎么样呢?"父亲并没高兴起来。

"要不,就叫他念多多的书,去赶考,中个进士!"

"谁供给得起呢?"父亲脸上一点笑容也没有了。"干脆,叫他去学手艺!跟福海二哥似的!"二姐自己也纳闷,今天晚上为什么想起这么多主意,或者是糖豆与铁蚕豆发生了什么作用。

"咱们旗人,但分能够不学手艺,就不学!"父女一直谈到早晨三点,始终没给小弟弟想出出路来。二姐把糖葫芦吃罢,一歪,便睡着了。父亲把一副缺了一张"虎头"的骨牌找出来，独自给老儿子算命。初一，头一个来拜年的自然是福海二哥。他刚刚磕完头，父亲就提出给我办满月的困难。二哥出了个不轻易出的主意："您拜年去的时候，就手儿辞一辞吧！"

父亲坐在炕沿上，捧着一杯茶，好大半天说不出话来。他知道，二哥出的是好主意。可是，那么办实在对不起老儿子！一个增光耀祖的儿子，怎可以没办过满月呢？

"您看，就是挨家挨户去辞，也总还有拦不住的。咱们旗人喜欢这一套！"二哥笑了笑。"不过，那可就好办了。反正咱们先说了不办满月，那么，非来不可的就没话可说了；咱们清茶恭候，他们也挑不了眼！"

"那也不能清茶恭候！"父亲皱着眉头儿说。

"就是说！好歹地弄点东西吃吃，他们不能挑剔，咱们也总算给小弟弟办了满月！"

父亲连连点头，脸上有了笑容："对！对！老二，你说得对！"倒仿佛好歹地弄点东西吃吃，就不用花一个钱似的。

"二姐，拿套裤！老二，走！我也拜年去！"

"您忙什么呀？"

"早点告诉了亲友，心里踏实！"

二姐找出父亲的那条枣红缎子套裤。套裤比二姐大着两岁，可并不显着太旧，因为只在拜年与贺喜时才穿用。初六，大姐回来了，我们并没有给她到便宜坊叫个什锦火锅或苏式盒子。母亲的眼睛总跟着大姐，仿佛既看不够她，又对不起她。

大姐说出心腹话来:"奶奶,别老看着我,我不争吃什么!只要能够好好地睡睡觉,歇歇我的腿,我就念佛!"说的时候,她的嘴唇有点颤动,可不敢落泪,她不愿为倾泻自己的委屈而在娘家哭哭啼啼,冲散新春的吉祥气儿。到初九,她便回了婆家。走到一阵风刮来的时候,才落了两点泪,好归罪于沙土迷了她的眼睛。

姑母从初六起就到各处去玩牌,并且颇为顺利,赢了好几次。因此,我们的新年在物质上虽然贫乏,可是精神上颇为焕发。在元宵节晚上,她居然主动地带着二姐去看灯,并且到后门西边的城隍庙观赏五官往外冒火的火判儿。她这几天似乎颇重视二姐,大概是因为二姐在除夕没有拒绝两块古老花糕的赏赐。那可能是一种试探,看看二姐到底是否真老实,真听话。假若二姐拒绝了,那便是表示不承认姑母在这个院子里的霸权,一定会受到惩罚。

我们屋里,连汤圆也没买一个。我们必须节约,好在我满月的那天招待拦而拦不住的亲友。

到了那天,果然来了几位贺喜的人。头一位是多甫大姐夫。他的脸瘦了一些,因为从初一到十九,他忙得几乎没法儿形容。他逛遍所有的庙会。在初二,他到财神庙借了元宝,并且确信自己十分虔诚,今年必能发点财。在白云观,他用铜钱打了桥洞里坐着的老道,并且用小棍儿敲了敲放生的老猪的脊背,看它会叫唤不会。在厂甸,他买了风筝与大串的山里红。在大钟寺,他喝了豆汁,还参加了没白没票的抓彩,得回手指甲大小的一块芝麻糖。各庙会中的练把式的、说相声的、唱竹板书的、变戏法儿的……都得到他的赏钱,被艺人们称为财神爷。只在白云观外的跑马场上,他没有一显身手,因为他既没有骏马,即使有骏马他也不会骑。他可是在入城之际,雇了一匹大黑驴,项挂铜铃,跑的相当快,博得游人的喝彩。他非常得意,乃至一失神,黑驴落荒而逃,把他留在沙土窝儿里。在十四、十五、十六,他连着三晚上去看东单西四鼓楼前的纱灯、牛角灯、冰灯、麦芽龙灯;并赶到内务府大臣的门外,去欣赏燃放花盒,把洋绉马褂上烧了个窟窿。

他来贺喜,主要地是为向一切人等汇报游玩的心得,传播知识。他跟我母亲、二姐讲说,她们都搭不上茬儿。所以,他只好过来启发我:小弟弟,快快地长大,我带你玩去!咱们旗人,别的不行,要讲吃喝玩乐,你记住吧,天下第一!

父亲几次要问多甫,怎么闯过了年关,可是话到嘴边上又咽回去。一来二去,倒由多甫自己说出来:把房契押了出去,所以过了个肥年。父亲听了,不住地皱眉。在父亲和一般的老成持重的旗人们看来,自己必须住着自己的房子,才能根深蒂固,永远住在北京。因做官而发了点财的人呢,"吃瓦片"是最稳当可靠的。以正翁与多甫的收入来说,若是能够勤俭持家,早就应该有了几处小房,月月取租钱。可是,他们把房契押了出去!多甫看父亲皱眉,不能不稍加解释:您放心,没错儿,押出去房契,可不就是卖房!俸银一下来,就把它拿回来!

"那好！好！"父亲口中这么说，心中可十分怀疑他们能否再看到自己的房契。

多甫见话不投机，而且看出并没有吃一顿酒席的希望，就三晃两晃不见了。

大舅妈又犯喘，福海二哥去上班，只有大舅来坐了一会儿。大家十分恳切地留他吃饭，他坚决不肯。可是，他来贺喜到底发生了点作用。姑母看到这样清锅冷灶，早想发脾气，可是大舅以参领的身份，到她屋中拜访，她又有了笑容。大舅走后，她质问父亲：为什么不早对我说呢？三两五两银子，我还拿得出来！这么冷冷清清的，不大像话呀！父亲只搭讪着嘻嘻了一阵，心里说：好家伙，用你的银子办满月，我的老儿子会叫你给骂化了！

这一年，春天来的较早。在我满月的前几天，北京已经刮过两三次大风。是的，北京的春风似乎不是把春天送来，而是狂暴地要把春天吹跑。在那年月，人们只知道砍树，不晓得栽树，慢慢的山成了秃山，地成了光地。从前，就连我们的小小的坟地上也有三五株柏树，可是到我父亲这一辈，这已经变为传说了。北边的秃山挡不住来自塞外的狂风，北京的城墙，虽然那么坚厚，也挡不住它。寒风，卷着黄沙，鬼哭神号地吹来，天昏地昏，日月无光。青天变成黄天，降落着黄沙。地上，含有马尿驴粪的黑土与鸡毛蒜皮一齐得意地飞向天空。半空中，黑黄上下，渐渐混合，结成一片深灰的沙雾，遮住阳光。太阳所在的地方，黄中透出红来，像凝固了的血块。

风来了，铺户外的冲天牌楼唧唧吱吱地乱响，布幌子吹碎，带来不知多少里外的马嘶牛鸣。大树把梢头低得不能再低，干枝子与干槐豆纷纷降落，树杈上的鸦巢七零八散。甬路与便道上所有的灰土似乎都飞起来，对面不见人。不能不出门的人们，像鱼在惊涛骇浪中挣扎，顺着风走的身不自主地向前飞奔；逆着风走的两腿向前，而身子后退。他们的身上、脸上落满了黑土，像刚由地下钻出来；发红的眼睛不断流出泪来，给鼻子两旁冲出两条小泥沟。

那在屋中的苦人们，觉得山墙在摇动，屋瓦被揭开，不知哪一会儿就连房带人一齐被刮到什么地方去。风从四面八方吹进来，把一点点暖气都排挤出去，水缸里白天就冻了冰。桌上、炕上，落满了腥臭的灰土，连正在熬开了的豆汁，也中间翻着白浪，而锅边上是黑黑的一圈。

一会儿，风从高空呼啸而去；一会儿，又擦着地皮袭来，击撞着院墙，"呼隆呼隆"地乱响，把院中的破纸与干草叶儿刮得不知上哪里去才好。一阵风过去，大家一齐吐一口气，心由高处落回原位。可是，风又来了，使人感到眩晕。天、地，连皇城的红墙与金銮宝殿似乎都在颤抖。太阳失去光彩，北京变成任凭飞沙走石横行无忌的场所。狂风和日落，大家都盼着那不像样子的太阳及早落下去。傍晚，果然静寂下来。大树的枝条又都直起来，虽然还时时轻摆，可显着轻松高兴。院里比刚刚扫过还更干净，破纸什么的都不知去向，只偶然有那么一两片藏在墙角里。窗棂上堆着些小小的坟头儿，土极干极细。

窗台上这里厚些,那里薄些,堆着一片片的浅黄色细土,像沙滩在水退之后,留下水溜的痕迹。大家心中安定了一些,都盼望明天没有一点儿风。可是,谁知道准怎么样呢!那时候,没有天气预报啊。

要不怎么说,我的福气不小呢!我满月的那一天,不但没有风,而且青天上来了北归较早的大雁。虽然是不多的几只,可是清亮的鸣声使大家都跑到院中,抬着头指指点点,并且念叨着:"七九河开,八九雁来",都很兴奋。大家也附带着发现,台阶的砖缝里露出一小丛嫩绿的香蒿叶儿来。二姐马上要脱去大棉袄,被母亲喝止住:"不许脱!春捂秋冻!"

正在这时候,来了一辆"咯噔咯噔"响的轿车,在我们的门外停住。紧跟着,一阵比雁声更清亮的笑声,由门外一直进到院中。大家都吃了一惊!

第六章

随着笑声，一段彩虹光芒四射，向前移动。朱红的帽结子发着光，青缎小帽发着光，帽檐上的一颗大珍珠发着光，二蓝团龙缎面的灰鼠袍子发着光，米色缎子坎肩发着光，雪青的褡包在身后放着光，粉底官靴发着光。众人把彩虹挡住，请安的请安，问候的问候，这才看清一张眉清目秀的圆胖洁白的脸，与漆黑含笑的一双眼珠，也都发着光。听不清他说了什么，虽然他的嗓音很清亮。他的话每每被他的哈哈哈与啊啊啊扰乱；雪白的牙齿一闪一闪地发着光。

光彩进了屋，走到炕前，照到我的脸上。哈哈哈，好！好！他不肯坐下，也不肯喝一口茶，白胖细润的手从怀中随便摸出一张二两的银票，放在我的身旁。他的大拇指戴着个翡翠扳指，发出柔和温润的光泽。好！好啊！哈哈哈！随着笑声，那一身光彩往外移动。不送，不送，都不送！哈哈哈！笑着，他到了街门口。笑着，他跨上车沿。鞭子轻响，车轮转动，咯噔咯噔……笑声渐远，车出了胡同，车后留下一些飞尘。

姑母急忙跑回来，立在炕前，呆呆地看着那张银票，似乎有点不大相信自己的眼睛。大家全回来了，她出了声："定大爷，定大爷！他怎么会来了呢？他由哪儿听说的呢？"大家都要说点什么,可都想不起说什么才好。我们的胡同里没来过那样体面的轿车。我们从来没有接过二两银子的"喜敬"——那时候,二两银子可以吃一桌高级的酒席!父亲很后悔:"你看,我今年怎么会忘了给他去拜年呢?怎么呢?"

"你没拜年去,他听谁说的呢?"姑母还问那个老问题。

"你放心吧,"母亲安慰父亲,"他既来了,就一定没挑了眼!定大爷是肚子里撑得开船的人!"

"他到底听谁说的呢?"姑母又追问一次。

没人能够回答姑母的问题,她就默默地回到自己屋中,心中既有点佩服我,又有点妒意。无可如何地点起兰花烟,她不住地骂贼秃子。

我的曾祖母不是跟过一位满族大员,到云南等处。他的官印是定禄。他有好几个号:子丰、裕斋、富臣、少甫,有时候还自称霜清老人,虽然他刚过二十岁。刚满六岁,就有三位名儒教导他,一位教满文,一位讲经史,一位教汉文诗赋。先不提宅院有多么大,光说书房就有带廊子的六大间。书房外有一座精致的小假山,霜清老人高了兴便由山巅拿个大顶。山前有牡丹池与芍药池,每到春天便长起香蒿子与兔儿草,颇为茂盛;牡丹与芍药都早被"老人"揪出来,看看离开土还能开花与否。书房东头的粉壁前,种着一片翠竹,西头儿有一株紫荆。竹与紫荆还都活着。好几位满族大员的子弟和两三位汉族富家子弟,都来此附学。他们有的中了秀才,有的得到差事,只有霜清老人才学出众,能够唱整出的《当锏卖马》,文武双全。他是有才华的。他喜欢写字,高兴便叫书童研一大海碗墨,供他写三尺大的福字与寿字,赏给他的同学们;若不高兴,他就半年也不动一次笔,所以他的字写得很有力量,只是偶然地缺少两笔,或多了一撇。他也很爱吟诗。灵感一来,他便写出一句,命令同学们补足其余。他没学会满文,也没学好汉文,可是自信只要一使劲,马上就都学会,于是暂且不忙着使劲。他也偶然地记住一二古文中的名句,如"落霞与孤鹜齐飞,秋水共长天一色"之类,随时引用,出口成章。兴之所至,他对什么学术、学说都感兴趣,对什么三教九流的人物都乐意交往。他自居为新式的旗人,既有文化,又宽宏大量。他甚至同情康、梁的维新的主张与办法。他的心地良善,只要有人肯叫"大爷",他就肯赏银子。

他不知道他父亲比祖父更阔了一些,还是差了一些。他不知道他们给他留下多少财产。每月的收支,他只听管事的一句话。他不屑于问一切东西的价值,只要他爱,花多少钱也肯买。自幼儿,他就拿金银锞子与玛瑙翡翠做玩具,所以不知道它们是贵重物品。因此,不少和尚与道士都说他有仙根,海阔天空,悠然自得。他一看到别人为生活发愁着急,便以为必是心田狭隘,不善解脱。

他似乎记得,又似乎不大记得,他的祖辈有什么好处,有什么缺点,和怎么拾来那些元宝。他只觉得生下来便被绸缎裹着,男女仆伺候着,完全因为他的福大量大造化大。他不能不承认自己是满人,可并不过度地以此自豪,他有时候编出一些刻薄的笑话，讥诮旗人。他渺茫地感到自己是一种史无前例的特种人物，既记得几个满洲字，又会作一两句汉文诗，而且一使劲便可以成圣成佛。他没有能够取得功名，似乎也无意花钱去捐个什么官衔，他愿意无牵无挂，像行云流水那么闲适而又忙碌。

他与我们的关系是颇有趣的。虽然我的曾祖母在他家帮过忙，我们可并不是他的家奴。他的祖父、父亲，与我的祖父、父亲，总是那么似断似续地有点关系，又没有多大关系。一直到他当了家，这种关系还没有断绝。我们去看他，他也许接见，也许不接见，那全凭他的高兴与否。他若是一时心血来潮呢，也许来看看我们。这次他来贺喜，后来我们才探听到，原来是因为他自己得了个女娃娃，也是腊月生的，比我早一天。他非常高兴，觉得世界上只有他们夫妇才会生个女娃娃，别人不会有此本领与福气。大概是便宜坊的老王掌柜，在给定宅送账单去，走漏了消息：在祭灶那天，那个时辰，一位文曲星或扫帚星降生在一个穷旗兵家里。

是的，老王掌柜和定宅的管事的颇有交情。每逢定大爷想吃熏鸡或烤鸭，管事的总是照顾王掌柜，而王掌柜总是送去两只或三只，便在账上记下四只或六只。到年节要账的时候，即使按照三只或四只还账，王掌柜与管事的也得些好处。老王掌柜有时候受良心的谴责，认为自己颇欠诚实，可是管事的告诉他：你想想吧，若是一节只欠你一两银子，我怎么向大爷报账呢？大爷会说：怎么，凭我的身份就欠他一两？没有的事！不还！告诉你，老掌柜，至少开十两，才像个样子！受了这点教育之后，老掌柜才不再受良心的谴责，而安心地开花账了。定大爷看见了我，而且记住了我。是的，当我已经满了七岁，而还没有人想起我该入学读书，就多亏他又心血来潮，忽然来到我家。哈哈了几声，啊啊了几声，他把我扯到一家改良私塾里去，叫我给孔夫子与老师磕头。他替我交了第一次的学费。第二天，他派人送来一管"文章一品"，一块"君子之风"，三本小书和一丈蓝布——摸不清是做书包用的呢，还是叫我做一身裤褂。

不管姑母和别人怎样重视定大爷的光临，我总觉得金四把叔叔来贺喜更有意义。

在北京，或者还有别处，受满族统治者压迫最深的是回民。以金四叔叔的身体来说，据我看，他应当起码做个武状元。他真有功夫：近距离摔跤，中距离拳打，远距离脚踢，真的，十个八个壮小伙子甭想靠近他的身子。他又多么体面，多么干净，多么利落！他的黄净子脸上没有多余的肉，而处处发着光；每逢阴天，我就爱多看看他的脸。他干净，不要说他的衣服，就连他切肉的案子都刷洗得露出木头的花纹来。到我会去买东西的时候，我总喜欢到他那里买羊肉或烧饼，他那里是那么清爽，以致使我相信假若北京都属他管，就不至于无风三尺土了。他利落，无论干什么都轻巧干脆；是呀，只要遇上他，我必要求他"举高高"。他双手托住我的两腋，叫声"起"，我便一步登天，升到半空中。体验过这种使我狂喜的活动以后,别人即使津贴我几个铁蚕豆,我也不同意"举高高"!

我就不能明白:为什么皇上们那么和回民过不去!是呀,在北京的回民们只能卖卖羊肉,烙烧饼,做小买卖,至多不过是开个小清真饭馆。我问过金四叔:"四叔,您干吗不去当武状元呢?"四叔的极黑极亮的眼珠转了几下,拍拍我的头,才说:"也许,也许有么一天,我会当上武状元!秃子,你看,我现在不是吃着一份钱粮吗?"

这个回答,我不大明白。跟母亲仔细研究,也久久不能得到结论。母亲说:"是呀,咱们给他请安,他也还个安,不是跟咱一样吗?可为什么……"

我也跟福海二哥研究过,二哥也很佩服金四叔,并且说:"恐怕是因为隔着教吧?可是,清真古教是古教啊,跟儒、释、道一样的好啊!"

那时候,我既不懂儒、释、道都是怎么一回事,也就不懂二哥的话意。看样子,二哥反正不反对跟金四叔交朋友。

在我满月的那天,已经快到下午五点钟了,大家已经把关于定大爷的历史与特点说得没有什么可补充的了,金四叔来到。大家并没有大吃一惊,像定大爷来到时那样。假若大家觉得定大爷是自天而降,对金四把的来到却感到理当如此,非常亲切。是的,他的口中除了有时候用几个回民特有名词,几乎跟我们的话完全一样。我们特有的名词,如牛录、甲喇、格格……他不但全懂,而且运用的极为正确。一些我们已满、汉兼用的，如"牛录"也叫作"佐领"，他却偏说满语。因此，大家对他的吃上一份钱粮，都不怎么觉得奇怪。我们当然不便当面提及此事，可是他倒有时候自动地说出来，觉得很可笑，而且也必爽朗地笑那么一阵。他送了两吊钱，并祝我长命百岁。大家让座的让座，递茶的递茶。可是，他不肯喝我们的茶。他严守教规，这就使我们更尊敬他，都觉得：尽管他吃上一份钱粮，他可还是个真正的好回民。是的，当彼此不相往来的时候，不同的规矩与习惯使彼此互相歧视。及至彼此成为朋友，严守规矩反倒受到对方的称赞。我母亲甚至建议："四叔，我把那个有把儿的茶杯给你留起来，专为你用，不许别人动，你大概就会喝我们的茶了吧？"四叔也回答得好："不！赶明儿我自己拿个碗来，存在这儿！"四叔的嗓子很好，会唱几句《三娘教子》。虽然不能上胡琴，可是大家都替他可惜："凭这条嗓子，要是请位名师教一教，准成个大名角儿！"可是，他拜不着名师。于是只好在走在城根儿的时候，痛痛快快地喊几句。

今天，为是热闹热闹，大家恳请他消遣一段儿。"嘻！我就会那么几句！"金四叔笑着说。可是，还没等再让，他已经唱出"小东人"来了。

那时候，我还不会听戏，更不会评论，无法说出金四把到底唱的怎样。可是，我至今还觉得怪得意的：我的满月吉日是受过回族朋友的庆祝的。

第七章

在满洲饽饽里,往往有奶油,我的先人们也许是喜欢吃牛奶、马奶,以及奶油、奶酪的。可是,到后来,在北京住过几代了,这个吃奶的习惯渐渐消失。到了我这一代,我只记得大家以杏仁茶、面茶等作早点,就连喝得起牛奶的,如大舅与大姐的公公也轻易不到牛奶铺里去。只有姑母还偶尔去喝一次,可也不过是为表示她喝得起而已。至于用牛奶喂娃娃,似乎还没听说过。

这可就苦了我。我同皇太子还是婴儿的时候大概差不多,要吃饱了才能乖乖地睡觉。我睡不安,因为吃不饱。母亲没有多少奶,而牛奶与奶粉,在那年月,又不见经传。于是,尽管我有些才华,也不能不表现在爱哭上面。我的肚子一空,就大哭起来,并没有多少眼泪。姑母管这种哭法叫作"干嚎"。

她讨厌这种干嚎,并且预言我会给大家招来灾难。

为减少我的干嚎与姑母的闹气,母亲只好去买些杨村糕干,糊住我的小嘴。因此,大姐夫后来时常嘲弄我:吃糨糊长大的孩子,大概中不了武状元!而姑母呢,每在用烟锅子敲我的时节,也嫌我的头部不够坚硬。

姑母并没有超人的智慧,她的预言不过是为讨厌我啼哭而发的。可是，稍稍留心大事的人会看出来，小孩们的饥啼是大风暴的先声。是呀，听听吧，在我干嚎的时候，天南地北有多少孩子，因为饿，因为冷，因为病，因为被卖出去，一齐在悲啼啊！

黄河不断泛滥，像从天而降，海啸山崩滚向下游，洗劫了田园，冲倒了房舍，卷走了牛羊，把千千万万老幼男女飞快地送到大海中去。在没有水患的地方，又连年干旱，农民们成片地倒下去，多少婴儿饿死在胎中。是呀，我的悲啼似乎正和黄河的狂吼，灾民的哀号，互相呼应。

同时，在北京，在天津，在各大都市，作威作福的叱喝声，胁肩谄笑的献媚声，鬻官卖爵的叫卖声，一掷千金的狂赌声，熊掌驼峰的烹调声，淫词浪语的取乐声，与监牢中的锁镣声，公堂上的鞭板夹棍声，都汇合到一处，"天堂"与地狱似乎只隔着一堵墙，狂欢与惨死相距咫尺，想象不到的荒淫和想象不到的苦痛同时并存。这时候，侵略者的炮声还隐隐在耳，瓜分中国的声浪荡漾在空中。这时候，切齿痛恨暴政与国贼的诅咒，与仇视侵略者的呼声，在农村，在乡镇，像狂潮激荡，那最纯洁善良的农民已忍无可忍，想用拳，用石头，用叉靶扫帚，杀出一条活路！

就是在我不住哭嚎的时候，我们听见了"义和拳"（后来改为义和团）这个名称。

老王掌柜的年纪越大，越爱说：得回家去看看喽！可是，最近三年，他把回家的假期都让给了年岁较轻的伙计们。他懒得动。他越想家,也越爱留在北京。北京似乎有一种使他不知如何是好的魔力。他经常说,得把老骨头埋在家乡去。可是,若是有人问他:埋在北京不好吗?他似乎也不坚决反对。

他最爱他的小儿子。在他的口中,十成(他的小儿子的名字)仿佛不是个男孩,而是一种什么标准。提到年月,他总说:在生十成的那一年,或生十成后的第三年……讲到东西的高度,他也是说:是呀,比十成高点,或比十成矮着一尺……附带着说,十成本来排三,但是"三成"有歉收之意,故名十成。我们谁也没见过十成,可是认识王掌柜的人,似乎也都认识十成。在大家问他接到家信没有的时候,总是问:十成来信没有?

正是夏天农忙时节,王十成忽然来到北京!王掌柜又惊又喜。喜的是儿子不但来了,而且长得筋是筋、骨是骨,身量比爸爸高出一头,虽然才二岁。惊的是儿子既没带行李,又满身泥土,小褂上还破了好几块。他急忙带着儿子去买了一身现成的蓝布裤褂,一双青布双脸鞋,然后就手去拜访了两三家满汉家庭,巡回展览儿子。过了两天,不知十成说了些什么,王掌柜停止了巡回展览。可是,街坊四邻已经知道了消息,不断地来质问:怎么不带十成上我们家去?看不起我们呀?这使他受了感动,可也叫他有点为难,只好不作普遍拜访,而又不完全停止巡回。

已是下午,母亲正在西荫凉下洗衣裳;我正在星中半醒半睡、半饥半饱,躺着咂裹自己的手指头;大黄狗正在枣树下东弹弹、西啃啃地捉狗蝇，王家父子来到。

"这就是十成！"王掌柜简单地介绍。

母亲让他们到屋里坐，他们不肯，只好在院里说话儿。在夏天，我们的院里确比屋里体面：两棵枣树不管结枣与否，反正有些绿叶。顺着墙根的几棵自生自长的草茉莉，今年特别茂盛。因为给我添购糕干，父亲今年只买了一棵五色梅，可是开花颇卖力气。天空飞着些小燕，院内还偶尔来一两只红的或黄的蜻蜓。房上有几丛兔儿草，虽然不利于屋顶，可是葱绿可喜。总起来说，我们院中颇不乏生趣。

虽然天气已相当的热，王掌柜可讲规矩，还穿着通天扯地的灰布大衫。十成的新裤褂呢，裤子太长，褂子太短，可是一致地发出热辣辣凶蓝靛味儿。母亲给了王掌柜一个小板凳，他坐下，不错眼珠地看着十成。十成说"有功夫"，无论怎么让，也不肯坐下。

母亲是受过娘家与婆家的排练的，尽管不喜多嘴多舌，可是来了亲友，她总有适当的一套话语，酬应得自然而得体。是呀，放在平日，她会有用之不竭的言辞，和王掌柜专讨论天气。今天，也不知怎么，她找不到话说。她看看王掌柜，王掌柜的眼总盯着十成的脸上与身上，似乎这小伙子有什么使他不放心的地方。十成呢，像棵结实的小松树似的，立在那里，生了根，只有两只大手似乎没有地方安置，一会儿抬起来，一会儿落下去。他的五官很正，眼珠与脑门都发着光，可是严严地闭着嘴，决定能不开口就不开口。母亲不知如何是好，连天气专题也忘了。愣了一会儿，十成忽然蹲下去，用手托住双腮，仿佛思索着什么极重大的问题。

正在这时候，福海二哥来了。大黄狗马上活跃起来，蹦蹦跳跳地跑前跑后，直到母亲说了声："大黄，安顿点！"大黄才回到原位去继续捉狗蝇。

二哥坐下，十成立了起来，闭得紧紧的嘴张开，似笑不笑地叫了声"二哥"。

二哥拿着把黑面、棕竹骨的扇子，扇动了半天才说："十成我想过了，还是算了吧！"

"算了？"十成看了看父亲，看了看二哥。"算了？"他用力咽了口唾沫。"那是你说！"

母亲不晓得什么时候十成认识了福海，也听不懂他们说的是什么，只好去给他们沏茶。

王掌柜一边思索着一边说，所以说得很慢："十成，我连洋布大衫都看不上，更甭说洋人、洋教了！可是……""爹！"十成在新裤子上擦了擦手心上的汗："爹！你多年不在乡下，你不知道我们受的是什么！大毛子听二毛子的撺掇，官儿又听大毛子的旨意，一个老百姓还不如这条狗！"十成指了指大黄。"我顶恨二毛子，他们忘了本！"王掌柜和二哥都好一会儿没说出话来。

"也，也有没忘本的呀！"二哥笑着说，笑的很欠自然。"忘了本的才是大毛子的亲人！"十成的眼对准了二哥的，二哥赶紧假装地去看枣树叶上的一个"花布手巾"。

王掌柜仍然很慢地说:"你已经……可是没……!"二哥赶快补上:"得啦,小伙子!"

十成的眼又对准了二哥的:"别叫我小伙子,我一点也不小!我练了拳,练了刀,还要练善避刀枪!什么我也不怕!不怕!"

"可是,你没打胜!"二哥冷笑了一下。"不管你怎么理直气壮,官兵总帮助毛子们打你!你已经吃了亏!"王掌柜接过话去:"对!就是这么一笔账!"

"我就不服这笔账,不认这笔账!败了,败了再打!"十成说完,把嘴闭得特别严,腮上轻动,大概是咬牙呢。"十成!"王掌柜耐心地说:"十成,听我说!先在这儿住下吧!先看一看,看明白了再走下一步棋,不好吗?我年纪这么大啦,有你在跟前……"

"对!十成!你父亲说得对!"二哥心里佩服十成,而口中不便说造反的话;他是旗兵啊。

十成又蹲下了,一声不再出。

二哥把扇子打开,又并上,并上又打开,发出轻脆的响声。他心里很乱。有意无意地他又问了句:"十成,你们有多少人哪?"

"多了!多了!有骨头的……"他狠狠地看了二哥一眼。"在山东不行啊,我们到直隶来,一直地进北京!"

王掌柜猛地立起来,几乎是喊着:"不许这么说!"母亲拿来茶。可是十成没说什么,立起来,往外就走。母亲端着茶壶,愣在那里。

"您忙去吧,我来倒茶!"二哥接过茶具,把母亲支开,同时又让王掌柜坐下。刚才,他被十成的正气给压得几乎找不出话说;现在,只剩下了王掌柜,他的话又多起来:"王掌柜,先喝碗!别着急!我会帮助您留下十成!"

"他,他在这儿,行吗?"王掌柜问。

"他既不是强盗,又不是杀人凶犯!山东闹义和团,我早就听说了!我也听说,上边决不许老百姓乱动!十成既跑到这儿来,就别叫他再回去。在这儿,有咱们开导他,他老老实实,别人也不会刨根问底!"二哥一气说完,又恢复了平日的诸葛亮气度。

"叫他老老实实?"王掌柜惨笑了一下。"他说的有理,咱们劝不住他!"

二哥又低下头去。的确,十成说的有理!"嗐!老王掌柜,我要光是个油漆匠,不是旗兵啊,我也……"王掌柜也叹了口气,慢慢地走出去。

母亲过来问二哥:"老二,都是怎么一回事啊?十成惹了什么祸?"

"没有!没有!"二哥的脸上红了些,他有时候很调皮,可是不爱扯谎。"没事!您放心吧!"

"我看是有点事!你可得多帮帮王掌柜呀!"

"一定!"

这时候,姑母带着"小力笨"从西庙回来。姑母心疼钱,又不好意思白跑一趟,所以只买了一包刷牙用的胡盐。"怎么样啊?老二!"姑母笑着问。

按照规律,二哥总会回答:"听您的吧,老太太!"可是,今天他打不起精神凑凑十胡什么的。十成的样子、话语还在他的心中,使他不安、惭愧,不知如何是好。"老太太,我还有点事!"他笑着回答。然后又敷衍了几句,用扇子打了大腿一下:"我还真该走啦!"便走了出去。

出了街门,他放慢了脚步。他须好好地思索思索。对世界形势,他和当日的王爷们一样,不大知道。他只知道外国很厉害。可是,不管外国怎么厉害,他却有点不服气。因此,他佩服十成。不过,他也猜得到,朝廷决不许十成得罪外国人,十成若是傻干,必定吃亏。他是旗兵,应当向着朝廷呢?还是向着十成呢?他的心好像几股麻绳绕在一块儿,撕拉不开了。他的身上出了汗,小褂贴在背上,袜子也粘住脚心,十分不好过。

糊里糊涂地,他就来到便宜坊门外。他决定不了,进去还是不进去。

恰好,十成出来了。看见二哥,十成立定,嘴又闭得紧紧的。他的神气似乎是说:你要捉拿我吗?好,动手吧!

二哥笑了笑,低声地说:"别疑心我!走!谈谈去!"十成的嘴唇动了动,而没说出什么来。

"别疑心我!"二哥又说了一遍。

"走!我敢作敢当!"十成跟着二哥往北走。

他们走得飞快，不大会儿就到了积水滩。这里很清静，苇塘边上只有两三个钓鱼的，都一声不出。两个小儿跑来，又追着一只蜻蜓跑去。二哥找了块石头坐下，擦着头上的汗，十成在一旁蹲下，呆视着微动的苇叶。

二哥要先交代明白自己，好引出十成的真心话来。"十成，我也恨欺侮咱们的洋人！可是，我是旗兵，上边怎么交派，我怎么作，我不能自主！不过，万一有那么一天，两军阵前，你我走对了面，我决不会开枪打你！我呀，十成，把差事丢了，还能挣饭吃，我是油漆匠！"

"油漆匠？"十成看了二哥一眼。"你问吧！""我不问教里的事。"

"什么教？"

"你们不是八卦教？教里的事不是不告诉外人吗？"二哥得意地笑了笑。"你看，我是白莲教。按说，咱们是师兄弟！"

"你是不敢打洋人的白莲教！别乱扯师兄弟！"

二哥以为这样扯关系，可以彼此更亲热一点；哪知道竟自碰了回来，他的脸红起来。"我，我在理儿！""在理儿就说在理儿，干吗扯上白莲教？"十成一句不让。"算了，算了！"二哥沉住了气。"说说，你到底要怎样！""我走！在老家，我们全村受尽了大毛子、二毛子的欺负，我们造了反！我们叫官兵打散了，死了不少人！我得回去，找到朋友们，再干！洋人，官兵，一齐打！我们的心齐，我们有理，谁也挡不住我们!"十成立了起来,往远处看,好像一眼就要看到山东去。

"我能帮帮你吗?"二哥越看越爱这个天不怕地不怕的小伙子。他生在北京,长在北京,没见过像十成这样淳朴,这样干净,这样豪爽的人。

"我马上就走,你去告诉我爹,叫他老人家看明白,不打不杀,谁也没有活路儿!叫他看明白,我不是为非作歹,我是要干点好事儿!你肯吗?"十成的眼直视着二哥的眼。"行!行!十成,你知道,我的祖先也不怕打仗!可是,现在……算了,不必说了!问你,你有盘缠钱没有?""没有!用不着!"

"怎么用不着?谁会白给你一个烧饼?"二哥的俏皮话又来了,可是赶紧控制住。"我是说,行路总得有点钱。""看!"十成解开小褂,露出一条已经被汗沤得深一块浅一块的红布腰带来。"有这个,我就饿不着!"说完,他赶紧把小褂又扣好。

"可是,叫二毛子看见,叫官兵看见,不就……""是呀!"十成爽朗地笑了一声。"我这不是赶快系好了扣子吗?二哥,你是好人!官兵要都像你,我们就顺利多了!哼,有朝一日,我们会叫皇上也得低头!"

"十成,"二哥掏出所有的几吊钱来,"拿着吧,不准不要!""好!"十成接过钱去。"我数数!记上这笔账!等把洋人全赶走,我回家种地,打了粮食还给你!"他一边说,一边数钱。"四吊八!"他把钱塞在怀里。"再见啦!"他往东走去。二哥赶上去,"你认识路吗?"

十成指了指德胜门的城楼:"那不是城门?出了城再说!"

十成不见了,二哥还在那里立着。这里是比较凉爽的地方,有水,有树,有芦苇,还有座不很高的小土山。二哥可是觉得越来越热。他又坐在石头上。越想,越不对,越怕;头上又出了汗。不管怎样,一个旗兵不该支持造反的人!他觉得自己一点也不精明,做了极大的错事!假若十成被捉住,供出他来,他怎么办?不杀头,也得削除旗籍,发到新疆或云南去!

"也不至于!不至于!"他安慰自己。"出了事,花钱运动运动就能逢凶化吉!"这么一想,他又觉得他不是同情造反,而是理之当然了——什么事都可以营私舞弊,有银子就能买到官,赎出命来。这成何体统呢?他没读过经史,可是听过不少京戏和评书,哪一朝不是因为不成体统而垮了台呢?

再说,十成是要打洋人。一个有良心的人,没法不佩服他,大家伙儿受了洋人多少欺侮啊!别的他不知道,他可忘不了甲午之战,和英法联军焚烧圆明园啊。他镇定下来。十成有理,他也有理,有理的人心里就舒服。他慢慢地立起来,想找王掌柜去。已走了几步,他又站住了。不好!不能去!他答应下王掌柜,帮他留下十成啊!再说,王掌柜的嘴快,会到处去说:儿子跑了,福海知道底细!这不行!

可是,不去安慰王掌柜,叫老头子到处去找儿子,也不对！怎么办呢？

他急忙回了家，用左手写了封信："父亲大人金安：儿回家种地，怕大人不准回去，故不辞而别也，路上之事，到家再禀。儿十成顿首。"写完，封好，二哥说了声"不好！"赶紧又把信拆开。"十成会写字不会呢？不知道！"想了好大半天，打不定主意，最后："算了，就是它！"他又把信粘好，决定在天黑之后，便宜坊上了门，从门缝塞进去。

第八章

王掌柜本来不喜欢洋人、洋东西，自从十成不辞而别，他也厌恶洋教与二毛子了。他在北京住了几十年，又是个买卖地的人，一向对谁都是一团和气，就是遇见永远不会照顾他的和尚，他也恭敬地叫声大师傅。现在，他越不放心十成，就越注意打听四面八方怎么闹教案，也就决定不便对信洋教的客客气气。每逢他路过教堂，他便站住，多看一会儿；越看，心里越别扭。那些教堂既不像佛庙，又不像道观？而且跟两旁的建筑是那么不谐调，叫他觉得它们里边必有洋枪洋炮，和什么洋秘密，洋怪物。赶上礼拜天，他更要多站一会儿，看看都是谁去做礼拜。他认识不少去做礼拜的人，其中有的是很好的好人，也有他平素不大看得起的人。这叫他心里更弄不清楚了：为什么那些好人要信洋教呢？为什么教堂收容那些不三不四的人呢？他想不明白。更叫他想不通的是：教徒里有不少旗人！他知道旗人有自己的宗教（他可是说不上来那是什么教），而且又信佛教、道教和孔教。据他想，这也就很够了，为什么还得去信洋教呢？越想，他心里越绕得慌！

他决定问问多二爷。多二爷常到便宜坊来买东西，非常守规矩，是王掌柜所敬重的一个人。他的服装还是二三十年前的料子与式样，宽衣博带，古色古香。王掌柜因为讨厌那"哗哗"乱响的竹布，就特别喜爱多二爷的衣服鞋帽，每逢遇上他，二人就以此为题，谈论好大半天。多二爷在旗下衙门里当个小差事，收入不多。这也就是他的衣冠古朴的原因，他作不起新的。他没想到，这会得到王掌柜的夸赞，于是遇到有人说他的衣帽过了时，管他叫"老古董"，他便笑着说："哼！老王掌柜还夸我的这份儿老行头呢！"因此，他和王掌柜的关系就越来越亲密。但是，他并不因此而赊账。每逢王掌柜说："先拿去吃吧，记上账！"多二爷总是笑着摇摇头："不，老掌柜！我一辈子不拉亏空！"是，他的确是个安分守己的人。他的衣服虽然陈旧，可是老刷洗得干干净净，容易磨破的地方都事先打好补丁。

他的脸很长，眉很重，不苟言笑。可是，遇到他所信任的人，他也爱拉不断扯不断地闲谈，并且怪有风趣。

他和哥哥分居另过。多大爷不大要强，虽然没做过、也不敢做什么很大的伤天害理的事，可是又馋又懒，好贪小便宜。无论去做什么事，他的劈面三刀总是非常漂亮，叫人相信他是最勤恳，没事儿会找事做的人。吃过了几天饱饭之后，他一点也不再勤恳，睡觉的时候连灯都懒得吹灭，并且声明："没有灯亮儿，我睡不着！"

他入了基督教。全家人都反对他入教，他可是非常坚决。他的理由是："你看，财神爷，灶王爷，都不保佑我，我干吗不试试洋神仙呢？这年头儿，什么都是洋的好，睁开眼睛看看吧！"

反对他入教最力的是多二爷。多老二也并摸不清基督教的信仰是什么，信它有什么好处或什么坏处。他的最重要的理由是："哥哥，难道你就不要祖先了吗？入了教不准上坟烧纸！"

"那，"多大爷的脸不像弟弟的那么长，而且一急或一笑，总把眉眼口鼻都挤到一块儿去，像个多褶儿的烧卖。此时，他的脸又皱得像个烧卖。"那，我不去上坟，你去，不是两面都不得罪吗？告诉你，老二，是天使给我托了梦！前些日子，我一点辙也没有。可是，我梦见了天使，告诉我：'城外有生机'。我就出了城，顺着护城河慢慢地走。忽然，我听见了蛙叫，咕呱，咕呱！我一想，莫非那个梦就应验在田鸡身上吗？连钓带捉，我就捉到二十多只田鸡。你猜，我遇见了谁？"他停住口，等弟弟猜测。

多老二把脸拉得长长的，没出声。

多老大接着说："在法国府……"

多老二反倒在这里插了话："什么法国府？"

"法国使馆嘛！"

"使馆不就结了，干吗说法国府？"

"老二，你呀发不了财！你不懂洋务！"

"洋务？李鸿章懂洋务，可是大伙儿管他叫汉奸！""老二！"多老大的眉眼口鼻全挤到一块儿，半天没有放松。"老二！你敢说李中堂是……算了，算了，我不跟你扳死杠！还说田鸡那回事儿吧!"

"大哥,说点正经的!"

"我说的正是最正经的!我呀,拿着二十多只肥胖的田鸡,进了城。心里想:看看那个梦灵不灵!正这么想呢,迎头来了法国府的大师傅,春山,也是咱们旗人,镶黄旗的。你应该认识他!他哥哥春海,在天津也当洋厨子。""不认识!"

"哼,洋面上的人你都不认识!春山一见那些田鸡,就一把抓住了我,说:'多老大,把田鸡卖给我吧!'我一看他的神气,知道其中有事,就沉住了气。我说:'我找这些田鸡,是为配药用的,不卖!'我这么一说,他更要买了。敢情啊,老二,法国人哪,吃田鸡!你看,老二,那个梦灵不灵!我越不卖,他越非买不可,一直到我看他拿出两吊钱来,我才把田鸡让给他!城外有生机,应验了!从那个好日子以后,我隔不了几天,就给他送些田鸡去。可是,到了冬天,田鸡都藏起来,我又没了办法。我还没忘了天使,天使也没忘了我,又给我托了个梦:'老牛有生机'。这可不大好办!你看,田鸡可以白捉,牛可不能随便拉走啊!有一天,下着小雪,我在街上走来走去,一点辙也没有。走着走着,一看,前面有个洋人。反正我也没事儿作,就加快了脚步,跟着他吧。你知道,洋人腿长,走得快。一边走,我一边念道:'老牛有生机'。那个洋人忽然回过头来,吓了我一跳。他用咱们的话问我:'你叫我,不叫我?'唉,他的声音,他的说法,可真别致,另有个味儿!我还没想起怎么回答,他可又说啦:'我叫牛又生。'

你就说，天使有多么灵！牛有生，牛又生，差不多嘛！他敢情是牛又生，牛大牧师，真正的美国人！一听说他是牧师，我赶紧说：'牛大牧师，我有罪呀！'这是点真学问！你记住，牧师专收有罪的人，正好像买破烂的专收碎铜烂铁。牛牧师高兴极了，亲亲热热地把我拉进教堂去，管我叫迷失了的羊。我想：他是牛，我是羊，可以算差不多。他为我祷告，我也学着祷告。他叫我入查经班，白送给我一本《圣经》，还给了我两吊钱！"

"大哥！你忘了咱们是大清国的人吗？饿死，我不能去巴结洋鬼子！"多老二斩钉截铁地说。

"大清国？哈哈！"多老大冷笑着："连咱们的皇上也怕洋人！"

"说得好！"多老二真急了。"你要是真敢信洋教，大哥，别怪我不准你再进我的门！"

"你敢！我是你哥哥，亲哥哥！我高兴几时来就几时来！"多老大气哼哼地走出去。

一个比别的民族都高着一等的旗人若是失去自信，像多老大这样，他便对一切都失去信心。他觉得自己是天底下最可怜的人，因而他干什么都应当邀得原谅。他入洋教根本不是为信仰什么，而是对社会的一种挑战。他仿佛是说：谁都不管我呀，我去信洋教，给你们个苍蝇吃。他也没有把信洋教看成长远之计；多咱洋教不灵了，他会退出来，改信白莲教，假若白莲教能够给他两顿饭吃。思索了两天，他去告诉牛牧师，决定领洗入教，改邪归正。

教堂里还有位中国牧师，很不高兴收多大爷这样的人做教徒。可是，他不便说什么，因为他怕被牛牧师问倒：教会不救有罪的人，可救谁呢？况且，教会是洋人办的，经费是由外国来的，他何必主张什么呢？自从他当上牧师那天起，他就决定毫无保留地把真话都禀明上帝，而把假话告诉牛牧师。不管牛牧师说什么，他总点头，心里可是说："你犯错误，你入地狱！上帝看得清楚！"

牛牧师在国内就传过道，因为干别的都不行。他听说地球上有个中国，可是与他毫无关联，因而也就不在话下。自从他的舅舅从中国回来，他开始对中国发生了兴趣。他的舅舅在年轻的时候偷过人家的牲口，被人家削去了一只耳朵，所以逃到中国去，卖卖鸦片什么的，发了不小的财。发财还乡之后，亲友们，就是原来管他叫流氓的亲友们，不约而同地称他为中国通。在他的面前，他们一致地避免说"耳朵"这个词儿，并且都得到了启发——混到山穷水尽，便上中国去发财，不必考虑有一只、还是两只耳朵。牛牧师也非例外。他的生活相当困难，到圣诞节都不一定能够吃上一顿烤火鸡。舅舅指给他一条明路："该到中国去！在这儿，你连在圣诞节都吃不上烤火鸡；到那儿，你天天可以吃肥母鸡，大鸡蛋！在这儿，你永远雇不起仆人；到那儿，你可以起码用一男一女，两个仆人！去吧！"

于是，牛牧师就决定到中国来。作了应有的准备，一来二去，他就来到了北京。舅舅果然说对了：他有了自己独住的小房子，用上一男一女两个仆人；鸡和鸡蛋是那么便宜，他差不多每三天就过一次圣诞节。他开始发胖。

对于工作，他不大热心，可又不敢太不热心。他想发财，而传教毕竟与贩卖鸦片有所不同。他没法儿全心全意地去工作。可是，他又准知道，若是一点成绩做不出来，他就会失去刚刚长出来的那一身肉。因此，在工作上，他总是忽冷忽热，有冬有夏。在多老大遇见他的那一天，他的心情恰好是夏天的，想把北京所有的罪人都领到上帝面前来，做出成绩。在这种时候，他羡慕天主教的神甫们。天主教的条件好，势力厚，神甫们可以用钱收买教徒，用势力庇护教徒，甚至修建堡垒，藏有枪炮。神甫们几乎全像些小皇帝。他，一个基督教的牧师，没有那么大的威风。想到这里，他不由地也想起舅舅的话来："对中国人，别给他一点好颜色！你越厉害，他们越听话！"好，他虽然不是天主教的神甫，可到底是牧师，代表着上帝！于是，在他讲道的时候，他就用他的一口似是而非的北京话，在讲坛上大喊大叫：地狱，魔鬼，世界末日……震得小教堂的顶棚上往下掉尘土。这样发泄一阵，他觉得痛快了一些，没有发了财，可是发了威，也是一种胜利。

对那些借着教会的力量，混上洋事，家业逐渐兴旺起来的教友，他有些反感。他们一得到好处，就不大热心作礼拜来了。可是，他也不便得罪他们，因为在圣诞节给他送来值钱的礼物的正是他们。有些教友呢，家道不怎么强，而人品很好。

他们到时候就来礼拜,而不巴结牧师。牛牧师以为这种人,按照他舅舅对中国人的看法,不大合乎标准,所以在喊地狱的时候,他总看着他们——你们这些自高自大的人,下地狱!下地狱!他最喜爱的是多老大这类的人。他们合乎标准:穷,没有一点架子,见了他便牧师长,牧师短,叫得震心。跟他们在一道,他觉得自己多少像个小皇帝了。他的身量本来不算很矮,可是因为近来吃得好,睡得香,全身越发展越圆,也就显着矮了一些。他的黄头发不多,黄眼珠很小;因此,他很高兴:生活在中国,黄颜色多了,对他不利。他的笑法很突出:"咔、咔"地往外挤,好像嗓子上扎着一根鱼刺。每逢遇到教友们,他必先"咔咔"几下,像大人见着个小孩,本不想笑,又不好不逗一逗那样。

不论是在讲坛上,还是在日常生活中,他都说不出什么大道理来。他没有什么学问,也不需要学问。他觉得只凭自己来自美国,就理当受到尊敬。他是天生的应受尊敬的人,连上帝都得怕他三分。因此,他最讨厌那些正派的教友。当他们告诉他,或在神气上表示出:中国是有古老文化的国家,在古代就把最好的磁器、丝绸、和纸、茶等等送给全人类,他便赶紧提出轮船、火车,把磁器什么的都打碎,而后胜利地"咔咔"几声。及至他们表示中国也有过岳飞和文天祥等英雄人物,他最初只眨眨眼,因为根本不晓得他们是谁。后来,他打听明白了他们是谁,他便自动地,严肃地,提起他们来:你们的岳飞和文天祥有什么用呢?你们都是罪人,只是上帝能拯救你们!说这些话的时候,他的脸便红起来,手心里出了汗。他不晓得自己为什么那样激动,只觉得这样脸红脖子粗的才舒服,才对得起真理。

人家多老大就永远不提岳飞和文天祥。人家多老大冬夏长青地用一块破蓝布包看《圣经》,夹在腋下,而且巧妙地叫牛牧师看见。而后,他进一步,退两步地在牧师前面摆动,直到牧师"咔咔"了两声,他才毕恭毕敬地打开《圣经》,双手捧着,前去请教。这样一来,明知自己没有学问的牛牧师,忽然变成有学问的人了。

"牧师!"多老大恭敬而亲热地叫:"牧师!牛牧师,咱们敢情都是土做的呀?"

"对!对!'创世记'上说得明明白白:上帝用土造人,将生气吹在他鼻内,人就成了生灵。"牛牧师指着《圣经》说。"牧师!牛牧师!那么,土怎么变成了肉呢?"多大爷装傻充愣地问。

"不是上帝将生气吹在鼻子里了吗?"

"对!牧师!对!我也是这么想,可是又怕想错了!"多大爷把《旧约》的"历代"翻开,交给牧师,而后背诵:"亚当生塞特,塞特生以挪士,以挪士生该南,该南生玛勒列……"

"行啦!行啦!"牧师高兴地劝阻。"你是真用了功!一个中国人记这些名字,不容易呀!"

"真不容易!第一得记性好,第二还得舌头灵!牧师,我还有个弄不清楚的事儿,可以问吗?"

"当然可以!我是牧师!"多老大翻开"启示录"。"牧师,我不懂,为什么'宝座中,和宝座四围有四个活物,前后遍体都长满了眼睛'?这是什么活物呢?"

"下面不是说:第一个活物像狮子,第二个活物像牛犊,第三个活物有脸像人,第四个活物像飞鹰吗?"

"是呀!是呀!可为什么遍体长满了眼睛呢?""那,"牛牧师抓了抓稀疏的黄头发。"那,'启示录'是最难懂的。在我们国内,光说解释'启示录'的书就有几大车,不,几十大车!你呀,先念'四福音书'吧,等到功夫深了再看'启示录'!"牛牧师虚晃了一刀,可是晃得非常得体。

"对!对!"多老大连连点头。在点头之际,他又福至心灵地想出警句:"牧师,我可识字不多,您得帮助我!"他的确没有读过多少书,可是无论怎么说,他也比牛牧师多认识几个汉字。他佩服了自己:一到谄媚人的时候,他的脑子就会那么快,嘴会那么甜!他觉得自己是一朵刚吐蕊的鲜花,没法儿不越开越大、越香!

"一定!一定!"牛牧师没法子不拿出四吊钱来了。他马上看出来:即使自己发不了大财,可也不必愁吃愁穿了——是呀,将来回国,他可以去做教授!好嘛,连多老大都求他帮助念《圣经》,汉语的《圣经》,他不是个汉学家,还是什么呢?舅舅,曾经是偷牲口的流氓,现在不是被称为中国通么?接过四吊钱来,多老大拐弯抹角地说出:他不仅是个旗人,而且祖辈做过大官，戴过红顶子。

"噢！有没有王爷呢？"牛牧师极严肃地问。王爷、皇帝，甚至于一个子爵，对牛牧师来说，总有那么不小的吸引力。他切盼教友中有那么一两位王爷或子爵的后裔，以便向国内打报告的时候，可以大书特书：两位小王爷或子爵在我的手里受了洗礼！

"不记得有王爷。我可是的确记得，有两位侯爷！"多老大运用想象，创造了新的家谱。是的，就连他也不肯因伸手接那四吊钱而降低了身份。他若是侯爷的后代呢，那点钱便差不多是洋人向他献礼的了。

"侯爷就够大的了，不是吗？"牛牧师更看重了多老大，而且"咔咔"地笑着，又给他添了五百钱。

多老大包好《圣经》，揣好四吊多钱，到离教堂至少有十里地的地方，找了个大酒缸。一进去，多老大把天堂完全忘掉了。多么香的酒味呀！假若人真是土做的，多老大希望，和泥的不是水，而是二锅头！坐在一个酒缸的旁边，他几乎要晕过去，屋中的酒味使他全身的血管都在喊叫：拿二锅头来！镇定了一下，他要了一小碟炒麻豆腐，几个腌小螃蟹，半斤白干。

喝到他的血管全舒畅了一些，他笑了出来：遍身都是眼睛，嘻嘻嘻！他飘飘然走出来，在门外精选了一块猪头肉，一对熏鸡蛋，几个白面火烧，自由自在地，连吃带喝地，享受了一顿。用那块破蓝布擦了擦嘴，他向酒缸主人告别。

吃出点甜头来以后，多老大的野心更大了些。首先他想到：要是像旗人关钱粮似的，每月由教会发给他几两银子，够多么好呢！他打听了一下，这在基督教教会不易做到。这使他有点伤心，几乎要责备自己，为什么那样冒失，不打听明白了行市就受洗入了教。

他可是并不灰心。不！既来之则安之，他必须多动脑子，给自己打出一条活路来。是呀，能不能借着牛牧师的力量，到"美国府"去找点差事呢？刚刚想到这里，他自己赶紧打了退堂鼓：不行，规规矩矩地去当差，他受不了！他愿意在闲散之中，得到好吃好喝，像一位告老还乡的宰相似的。是的，在他的身上，历史仿佛也不是怎么走错了路。在他的血液里，似乎已经没有一点什么可以燃烧起来的东西。他的最高的理想是天上掉下馅饼来，而且恰好掉在他的嘴里。

他知道，教会里有好几家子，借着洋气儿开了大铺子，贩卖洋货，发了不小的财。他去拜访他们，希望凭教友的情谊，得点好处。可是，他们的爱心并不像他所想象的那么深厚，都对他非常冷淡。他们之中，有好几位会说洋话。他本来以为"亚当生塞特……"就是洋话；敢情并不是。他模仿着牛牧师的官话腔调把"亚当生塞特"说成"牙当生鳃特"，人家还是摇头。他问人家那些活物为什么满身是眼睛，以便引起学术研究的兴趣，人家干脆说"不知道"！人家连一杯茶都没给他喝！多么奇怪！

多老大苦闷。他去问那些纯正的教友，他们说信教是为追求真理，不为发财。可是，真理值多少钱一斤呢？

他只好去联合吃教的苦哥儿们，想造成一种势力。他们各有各的手法与作风，不愿跟他合作。他们之中，有的借着点洋气儿，给亲友们调停官司，或介绍买房子卖地，从中取得好处；也有的买点别人不敢摸的赃货，如小古玩之类，送到外国府去；或者奉洋人之命，去到古庙里偷个小铜佛什么的，得些报酬。他们各有门道，都不传授给别人，特别是多老大。他们都看不上他的背诵"亚当生塞特"和讨论"遍身是眼睛"，并且对他得到几吊钱的赏赐也有那么点忌妒。他是新入教的，不该后来居上，压下他们去。一来二去，他们管他叫作"眼睛多"，并且有机会便在牛牧师的耳旁说他的坏话。牛牧师有"分而治之"的策略在胸，对他并没有表示冷淡，不过赶到再讨论"启示录"的时候，他只能得到一吊钱了，尽管他暗示：他的小褂也像那些活物，遍身都是眼睛！怎么办呢？

唉，不论怎么说，非得点好处不可！不能白入教！

先从小事儿做起吧。在他入教以前，他便常到老便宜坊赊点东西吃，可是也跟别的旗人一样，一月倒一月，钱粮下来就还上账。现在，他决定只赊不还，看便宜坊怎么办。以前，他每回不过是赊二百钱的生肉，或一百六一包的盒子菜什么的；现在，他敢赊整只的酱鸡了。

王掌柜从多二爷那里得到了底细。他不再怀疑十成所说的了。他想：眼睛多是在北京，假若是在乡下，该怎样横行霸道呢？怪不得十成那么恨他们。

"王掌柜！"多二爷含羞带愧地叫："王掌柜！他欠下几

个月的了？"

"三个多月了，没还一个小钱！"

"王掌柜！我，我慢慢地替他还吧！不管怎么说，他总是我的哥哥！"多二爷含着泪说。

"怎能那么办呢？你们分居另过，你手里又不宽绰！""分居另过……他的祖宗也是我的祖宗！"多二爷狠狠地咽了口唾沫。

"你，你甭管！我跟他好好地讲讲理！"

"王掌柜！老大敢做那么不体面的事，是因为有洋人给他撑腰；咱们斗不过洋人！王掌柜，那点债，我还！我还！不管我怎么为难，我还！"

王掌柜考虑了半天，决定暂且不催多老大还账，省得多老大真把洋人搬出来。他也想到：洋人也许不会管这样的小事吧？可是，谁准知道呢？"还是稳当点好！"他这么告诉自己。

这时候，多老大也告诉自己："行！行！这一手儿不坏，吃得开！看，我既不知道闹出事儿来，牛牧师到底帮不帮我的忙，也还没搬出他来吓唬王掌柜，王掌柜可是已经不言不语地把酱鸡送到我手里，仿佛儿子孝顺爸爸似的，行，行，有点意思儿！"

他要求自己更进一步："是呀，赶上了风，还不拉起帆来吗？"可是，到底牛牧师支持他不呢？他心里没底。好吧，喝两盅儿壮壮胆子吧。喝了四两，烧卖脸上红扑扑的，他进了便宜坊。这回，他不但要赊一对肘子，而且向王掌柜借四吊钱。

王掌柜冒了火。已经忍了好久，他不能再忍。虽然做了一辈子买卖，他可究竟是个山东人，心直气壮。他对准了多老大的眼睛，看了两分钟。他以为多老大应当明白这是什么意思，希望他知难而退。可是，多老大没有动，而且冷笑了两声。这逼得王掌柜出了声："多大爷！肘子不赊！四吊钱不借！旧账未还，免开尊口！你先还账！"

多老大没法儿不搬出牛牧师来了。要不然，他找不着台阶儿走出去。"好！王掌柜！我可有洋朋友，你咂摸咂摸这个滋味儿吧！你要是懂得好歹的话，顶好把肘子、钱都给我送上门去，我恭候大驾！"他走了出去。

为索债而和穷旗人们吵闹，应当算是王掌柜的工作。他会喊叫、争论，可是不便真动气。是呀，他和人家在除夕闹得天翻地覆，赶到大年初一见面，彼此就都赶上前去，深施一礼，连祝发财，倒好像从来都没红过脸似的。这回，他可动了真气。多老大要用洋人的势力敲诈他，他不能受！他又想起十成，并且觉得有这么个儿子实在值得自豪！

可是，万一多老大真搬来洋人，怎么办呢？他和别人一样，不大知道到底洋人有多大力量，而越摸不着底就越可怕。他赶紧去找多老二。

多老二好大半天没说出话来，恐怕是因为既很生气，又要控制住怒气，以便想出好主意来。"王掌柜，你回去吧。我找他去！"多老二想出主意来，并且决定马上行动。"你……"

"走吧！我找他去！请在铺子里等我吧！"多老二是老实人，可是一旦动了气，也有个硬劲。

他找到了老大。

"哟！老二！什么风儿把你吹来了？"老大故意要俏，心里说：你不高兴我入教，睁眼看看吧，我混得比从前强了好多：炒麻豆腐、腌小螃蟹、猪头肉、二锅头、乃至于酱鸡，对不起，全先偏过了！看看我，是不是长了点肉？"大哥！听着！"老二是那么急切、严肃，把老大的笑容都一下子赶跑。"听着！你该便宜坊的钱，我还！我去给便宜坊写个字据，一个小钱不差，慢慢地都还清！你，从此不许再到那儿赊东西去！"

眼睛多心里痒了一下。他没想到王掌柜会这么快就告诉了老二，可见王掌柜是发了慌，害了怕。他不知道牛牧师愿意帮助他不愿意，可是王掌柜既这么发慌，那就非请出牛牧师来不可了！怎么知道牛牧师不愿帮助他呢？假若牛牧师肯出头，哎呀，多老大呀，多老大，前途光明的没法儿说呀！"老二，谢谢你的好意，我谢谢你！可是，你顶好别管我的事，你不懂洋务啊！"

"老大！"完全出于愤怒，老二跪下了，给哥哥磕了个响头。"老大！给咱们的祖宗留点脸吧，哪怕是一丁点儿呢！别再拿洋人吓唬人，那无耻！无耻！"老二的脸上一点血色也没有了，双手不住地发颤，想走出去，可又迈不开步。

老大愣了一会儿，扑哧一笑："老二！老二！"

"怎样？"老二希望哥哥回心转意。"怎样？""怎样？"老大又笑了一下，而后冷不防地："你滚出去！滚！"

老二极镇定地、狠狠地看了哥哥一眼，慢慢地走出来。出了门，他已不知道东西南北。他一向是走路不愿踩死个蚂蚁，说话不得罪一条野狗的人。对于兄长，他总是能原谅就原谅，不敢招他生气。可是，谁想到哥哥竟自作出那么没骨头的事来——狗着洋人，欺负自己人！他越想越气，出着声儿叨唠：怎么呢？怎么这种事叫我碰上了呢？怎么呢？堂堂的旗人会，会变成这么下贱呢？难道是二百多年前南征北战的祖宗们造下的孽，叫后代都变成猪狗去赎罪吗？不知道怎样走的，他走回了家。一头扎在炕上，他哭起来。多老大也为了难。到底该为这件事去找牛牧师不该呢？去吧，万一碰了钉子呢？不去吧，又怎么露出自己的锋芒呢？嗯——去！去！万一碰了钉子，他就退教，叫牛牧师没脸再见上帝！对！就这么办！"牛牧师！"他叫得亲切、缠绵，使他的嗓子、舌头都那么舒服，以至没法儿不再叫一声："牛牧师！""有事快说，我正忙着呢！"牛牧师一忙就忘了抚摸迷失了的羊羔，而想打它两棍子。

"那，您就先忙着吧，我改天再来！"口中这么说，多老大的脸上和身上可都露出进退两难的样子，叫牧师看出他有些要紧的事儿亟待报告。

"说说吧！说说吧！"牧师赏了脸。

大起大落，多老大首先提出他听到的一些有关教会的消息——有好多地方闹了教案。"我呀,可真不放心那些位神甫、牧师!真不放心!"

"到底是教友啊,你有良心!"牛牧师点头夸赞。"是呀,我不敢说我比别人好,也不敢说比别人坏,我可是多少有点良心!"多老大非常满意自己这句话,不卑不亢,恰到好处。然后,他由全国性的问题,扯到北京:"北京怎么样呢?"

牛牧师当然早已听说,并且非常注意,各地方怎么闹乱子。虽然各处教会都得到胜利,他心里可还不大安静。教会胜利固然可喜,可是把自己的脑袋耍掉了,恐怕也不大上算。他给舅舅写了信,请求指示。舅舅是中国通,比上帝都更了解中国人。在信里,他暗示:虽然母鸡的确肥美,可是丢掉性命也怪别扭。舅舅的回信简而明:"很奇怪,居然有怕老鼠的猫——我说的是你!乱子闹大了,我们会出兵,你怕什么呢?在一个野蛮国家里,越闹乱子,对我们越有利!问问你的上帝,是这样不是?告诉你句最有用的话:没有乱子,你也该制造一个两个的!你要躲开那儿吗?你算把牧师的气泄透了!祝你不平安!祝天下不太平!"

接到舅舅的信,牛牧师看到了真理。不管怎么说,舅舅发了财是真的。那么,舅舅的意见也必是真理!他坚强起来。一方面,他推测中国人一定不敢造反;另一方面,他向使馆建议,早些调兵,有备无患。

"北京怎样?告诉你,连人带地方,都又脏又臭!咔,咔，咔！"

听了这样随便、亲切，叫他完全能明白的话，多老大从心灵的最深处掏出点最地道的笑意，摆在脸上。牛牧师成为他的知己，肯对他说这么爽直，毫不客气的话。乘热打铁，他点到了题：便宜坊的王掌柜是奸商，欺诈教友，诽谤教会。"好，告他去！告他！"牛牧师不能再叫舅舅骂他是怕老鼠的猫！再说，各处的教案多数是天主教制造的，他自己该为基督教争口气。再说，教案差不多都发生在乡间，他要是能叫北京震动那么一下，岂不名扬天下，名利双收！再说，使馆在北京，在使馆的眼皮子下面闹点事，调兵大概就不成问题了。再说……越想越对，不管怎么说，王掌柜必须是个奸商！

多老大反倒有点发慌。他拿什么凭据去控告王掌柜呢？自己的弟弟会去做证人，可是证明自己理亏！怎么办？他请求牛牧师叫王掌柜摆一桌酒席，公开道歉；要是王掌柜不肯，再去打官司。

牛牧师也一时决定不了怎么做才好，愣了一会儿，想起主意："咱们祷告吧！"他低下头、闭上了眼。

多老大也赶紧低头闭眼，盘算着：是叫王掌柜在前门外的山东馆子摆酒呢，还是到大茶馆去吃白肉呢？各有所长，很难马上作出决定，他始终没想起对上帝说什么。牛牧师说了声"阿门"，睁开了眼。

多老大把眼闭得更严了些，心里空空的，可挺虔诚。"好吧，先叫他道歉吧！"牛牧师也觉得先去吃一顿更实惠一些。

第九章

眼睛多没有学问,所以看不起学问。他也没有骨头,所以也看不起骨头——他重视,极其重视,酱肉。

他记得几个零七八碎的,可信可不信的,小掌故。其中的一个是他最爱说道的,因为它与酱肉颇有关系。

他说呀:便宜坊里切熟肉的木墩子是半棵大树。为什么要这么高呢?在古时候,切肉的墩子本来很矮。后来呀,在旗的哥儿们往往喜爱伸手指指点点,挑肥拣瘦,并且有时候捡起肉丝或肉块儿往嘴里送。这样,手指和飞快的刀碰到一起,就难免流点血什么的,造成严重的纠纷,甚至于去打官司。所以,墩子一来二去就长了身量,高高在上,以免手指和快刀发生关系。

在他讲说这个小掌故的时候,他并没有提出自己的看法,到底应否把肉墩子加高,使手指与快刀隔离。

可是,由他所爱讲的第二件小事情来推测,我们或者也可以找到点那弦外之音。

他说呀:许多许多旗籍哥儿们爱闻鼻烟。客人进了烟铺,把烟壶儿递出去,店伙必先把一小撮鼻烟倒在柜台上,以便客人一边闻着,一边等着往壶里装烟。这叫作规矩。是呀,在北京做买卖都得有规矩,不准野调无腔。在古时候,店中的伙计并不懂先"敬"烟,后装烟这个规矩,叫客人没事可做,等得不大耐烦。于是,旗人就想出了办法:一见柜台上没有个小小的坟头儿,便把手掌找了伙计的脸去。这样,一来二去,就创造了,并且巩固下来,那条"敬"烟的规矩。

假若我们把这二者——肉墩子与"敬"烟,放在一块儿去咂摸,我们颇可以肯定地说,眼睛多对那高不可及的半棵大树是有意见的。我们可以替他说出来,假若便宜坊也懂得先"敬"点酱肉,够多么好呢!

多老大对自己是不是在旗,和是否应当保持旗人的尊严,似乎已不大有意。可是,每逢他想起那个"敬"烟的规矩,便又不能不承认旗人的优越。是呀,这一条,和类似的多少条规矩,无论怎么说,也不能不算旗人们的创造。在他信教以后,他甚至这么想过:上帝创造了北京人,北京的旗人创造了一切规矩。

对!对!还得继续创造!王掌柜不肯赊给他一对肘子,不肯借给他四吊钱,好!哈哈,叫他摆一桌酒席,公开道歉!这只是个开端,新规矩还多着哩!多老大的脸日夜不息地笑得像个烧卖,而且是三鲜馅儿的。

可是,王掌柜拒绝了道歉!

眼睛多几乎晕了过去!

王掌柜心里也很不安。他不肯再找多老二去。多老二是老实人,不应再去叫他为难。他明知毛病都在洋人身上;可是,怎样对付洋人,他没有一点经验。他需要帮助。一想,他就想到福海二哥。不是想起一个旗人,而是想起一个肯帮忙的朋友。

自从十成走后,二哥故意地躲着王掌柜。今天,王掌柜忽然来找他,他吓了一跳,莫非十成又回来了,还是出了什么岔子?直到正掌柜说明了来意,他才放下心去。

可是,王掌柜现在所谈的更不好办。他看明白:这件事和十成所说的那些事的根子是一样的。他管不了!在外省,连知府知州知县都最怕遇上这种事,他自己不过是个旗兵,而且是在北京。

他可是不肯摇头。事在人为,得办办看,先摇头是最没出息的办法。他始终觉得自己在十成面前丢了人;现在,他不能不管王掌柜的事,王掌柜是一条好汉子的父亲。再说,眼睛多是旗人,给旗人丢人的旗人,特别可恨!是,从各方面来看,他都得管这件事。

"老掌柜,您看,咱们找找定大爷去,怎样?""那行吗?"王掌柜并非怀疑定大爷的势力,而是有点不好意思——每到年、节,他总给定府开点花账。"这么办:我的身份低,又嘴上无毛,办事不牢,不如请上我父亲和正翁,一位参领,一位佐领,一同去见定大爷,或者能有门儿!对!试试看!您老人家先回吧,别急,听我的回话儿!"

云亭大舅对于一个忘了本,去信洋教的旗人,表示厌恶。"旗人信洋教,那么汉人该怎么样呢?"在日常生活里,他不愿把满、汉的界限划得太清了;是呀,谁能够因为天泰轩的掌柜的与跑堂的都是汉人，就不到那里去喝茶吃饭呢？可是，遇到大事，像满汉应否通婚，大清国的人应否信洋教，他就觉得旗人应该比汉人高明，心中有个准数儿，不会先犯错误。

他看不起多老大，不管他是眼睛多，还是鼻子多。

及至听到这件事里牵涉着洋人，他赶紧摇了摇头。他告诉二哥："少管闲事！"对了，大舅很喜欢说"少管闲事"。每逢这么一说，他就觉得自己为官多年，经验富，阅历深。

二哥没再说什么。他们爷儿俩表面上是父慈子孝，可心里并不十分对劲儿。二哥去找正翁。

八月未完，九月将到，论天气，这是北京最好的时候。风不多，也不大，而且暖中透凉，使人觉得爽快。论色彩，二八月，乱穿衣，大家开始穿出颜色浓艳的衣裳，不再像夏天的那么浅淡。果子全熟了，街上的大小摊子上都展览着由各地运来的各色的果品，五光十色，打扮着北京的初秋。皇宫上面的琉璃瓦，白塔的金顶，在晴美的阳光下闪闪发光。风少，灰土少，正好油饰门面，发了财的铺户的匾额与门脸儿都添上新的色彩。好玩鸟儿的人们，一夏天都用活蚂蚱什么的加意饲养，把鸟儿喂得羽毛丰满，红是红，黄是黄，全身闪动着明润的光泽，比绸缎更美一些。

二哥的院里有不少棵枣树，树梢上还挂着些熟透了的红枣儿。他打下来一些，用包袱兜好，拿去送给正翁夫妇。那年月，旗人们较比闲在，探望亲友便成为生活中的要事一端。常来常往，大家都观察的详细，记得清楚：谁家院里有一棵歪脖的大白杏，谁家的二门外有两株爱开花而不大爱结果的"虎拉车"。记得清楚，自然到时候就期望有些果子送上门来，亲切而实惠。大姐婆婆向来不赠送别人任何果子，因为她从前种的白枣和蜜桃什么的都叫她给瞪死了，后来就起誓不再种果树。这可就叫她有时间关心别人家的桃李和苹果，到时候若不给她送来一些，差不多便是大逆不道！因此，二哥若不拿着些枣子，便根本不敢前去访问。

多甫大姐夫正在院里放鸽子。他仰着头，随着鸽阵的盘旋而轻扭脖颈，眼睛紧盯着飞动的"元宝"。他的脖子有点发酸，可是"不苦不乐"，心中的喜悦难以形容。看久了，鸽子越飞越高，明朗的青天也越来越高，在鸽翅的上下左右仿佛还飞动着一些小小的金星。天是那么深远，明洁，鸽子是那么黑白分明，使他不能不微张着嘴，嘴角上挂着笑意。人、鸽子、天，似乎通了气，都爽快、高兴、快活。

今天，他只放起二十来只鸽子，半数以上是白身子，黑凤头，黑尾巴的"黑点子"，其余的是几只"紫点子"和两只黑头黑尾黑翅边的"铁翅乌"。阵式不大，可是配合得很有考究。是呀，已到初秋，天高，小风儿凉爽，若是放起全白的或白尾的鸽儿，岂不显着轻飘，压不住秋景与凉风儿么？看，看那短短的黑尾，多么厚深有力啊。看，那几条紫尾确是稍淡了一些，可是鸽子一转身或一侧身啊，尾上就发出紫羽特有的闪光呀！由全局看来，白色似乎还是过多了一些，可是那一对铁翅乌大有作用啊：中间白，四边黑，像两朵奇丽的大花！这不就使鸽阵于素净之中又不算不花哨么？有考究！真有考究！看着自己的这一盘儿鸽子，大姐夫不能不暗笑那些阔人们——他们一放就放起一百多只，什么颜色的都有，杂乱无章，叫人看着心里闹得慌！"贵精不贵多呀"！他想起古人的这句名言来。虽然想不起到底是哪一位古人说的，他可是觉得"有诗为证"，更佩服自己了。

在愉快之中，他并没忘了警惕。玩嘛，就得全心全意，一丝不苟。虽然西风还没有吹黄了多少树叶，他已不给鸽子戴上鸽铃，怕声闻九天，招来"鸦虎子"——一种秋天来到北京的鹞子，鸽子的敌人。一点不能大意，万一鸦虎子提前几天进了京呢，可怎么办？他不错眼珠地看着鸽阵，只要鸽子露出点惊慌，不从从容容地飞旋，那必是看见了敌人。他便赶紧把它们招下来，决不冒险。今天，鸽子们并没有一点不安的神气，可是他还不敢叫它们飞得过高了。鸦虎子专会在高空袭击。他打开鸽栅，放出几只老弱残兵，飞到房上。空中的鸽子很快地都抿翅降落。他的心由天上回到胸膛里。

二哥已在院中立了一会儿。他知道，多甫一玩起来便心无二用，听不见也看不见旁的，而且讨厌有人闯进来。见鸽子都安全地落在房上，他才敢开口："多甫，不错呀！""哟！二哥！"多甫这才看见客人。他本想说两句道歉的话，可是一心都在鸽子上，爽兴就接着二哥的话茬儿说下去："什么？不错？光是不错吗？看您说的！这是点真学问！我叫下它们来，您细瞧瞧！每一只都值得瞧半天的！"他往栅子里撒了一把高梁，鸽子全飞了下来。"您看！您要是找紫点子和黑点子的样本儿，都在这儿呢！您看看，全是凤头的，而且是多么大，多么俊的凤头啊！美呀！飞起来，美；落下来，美；这才算地道玩意儿！"没等二哥细细欣赏那些美丽的凤头，多甫又指着一对"紫老虎帽儿"说："二哥！看看这一对宝贝吧！帽儿一直披过了肩，多么好的尺寸，还一根杂毛儿也没有啊！告诉您，没地方找去！"他放低了声音，好像怕隔墙有耳："庆王府的！府里的秀泉，秀把式偷出来的一对蛋！到底是王府里的玩意儿，孵出来的哪是鸽子，是凤凰哟！"

"嗯！是真体面！得送给秀把式一两八钱的吧？""二哥，您是怎么啦？一两八钱的，连看也不叫看一眼啊！靠着面子，我给了他三两。可是，这一对小活宝贝得值多少银子啊？二哥，不信您马上拍出十两银子来，看我肯让给您不肯！"

"那，我还留着银子娶媳妇呢！"

"那，也不尽然！"多甫把声音放得更低了些："您记得博胜之博二爷，不是用老婆换了一对蓝乌头吗？"这时候，他才看见二哥手里的包袱。"二哥，您家里的树熟儿吧？嘿！我顶爱吃您那儿的那种'莲蓬子儿'，甜酸，核儿小，皮嫩！太好啦！我道谢啦！"他请了个安，把包袱接过去。进了堂屋，二哥给二位长亲请了安，问了好，而后献礼："没什么孝敬您的，自家园的一点红枣儿！"

大姐进来献茶，然后似乎说了点什么，又似乎没说什么，就那么有规有矩地找到最合适的地方，垂手侍立。

多甫一心要吃枣子,手老想往包袱里伸。大姐婆婆的眼睛把他的手瞪了回去,而后下命令:"媳妇,放在我的盒子里去!"大姐把包袱拿走,大姐夫心里凉了一阵。

有大姐婆婆在座,二哥不便提起王掌柜的事,怕她以子爵的女儿的资格,拦头给他一杠子。她对什么事,不管懂不懂,都有她自己的见解与办法。一旦她说出"不管",正翁就绝对不便违抗。这并不是说正翁有点怕老婆,而是他拥护一条真理——"不管"比"管"更省事。二哥有耐性儿,即使大姐婆婆在那儿坐一整天,他也会始终不动,滔滔不绝地瞎扯。

大姐不知在哪儿那么轻嗽了一下。只有大姐会这么轻嗽,叫有心听的能听出点什么意思来,叫没心听的也觉得挺悦耳,叫似有心听又没心听的既觉得挺悦耳,还可能听出点什么意思来。这是她的绝技。大姐婆婆听见了,瞪了瞪眼,欠了欠身。二哥听到了那声轻嗽,也看见了这个欠身,赶紧笑着说:"您有事,就请吧!"大姐婆婆十分庄严地走出去。二哥这才对二位男主人说明了来意。

多甫还没把事情完全听明白,就怒从心中起,恶向胆边生。"什么?洋人?洋人算老几呢?我斗斗他们!大清国是天朝上邦,所有的外国都该进贡称臣!"他马上想出来具体的办法:"二哥,您甭管,全交给我吧!善扑营的、当库兵的哥儿们,多了没有,约个三十口子,四十口子,还不算不现成!他眼睛多呀,就是千眼佛,我也把他揍瞎了!""打群架吗?"二哥笑着问。

"对!拉躺下,打!打得他叫了亲爹,拉倒!不叫,往死里打!"多甫立起来,晃着两肩,抡抡拳头,还狠狠地啐了两口。

"多甫,"旗人的文化已经提到这么高,正翁当着客人面前,称儿子的号而不呼名了。"多甫,你坐下!"看儿子坐下了,正翁本不想咳嗽,可是又似乎有咳嗽的必要,于是就有腔有调地咳嗽了一会儿,而后问二哥:"定大爷肯管这个事吗?"

"我不知道,所以才来请您帮帮忙!"

"我看,我看,拿不准的事儿,顶好不做!"正翁做出很有思想的样子,慢慢地说。

"先打了再说嘛,有什么拿不准的?"多甫依然十分坚决。"是呀,我可以去请两位黄带子来,打完准保没事!""多甫,"正翁掏出四吊钱的票子来,"给你,出去蹓蹓!看有好的小白梨,买几个来,这两天我心里老有点火。"多甫接过钱来,扭头就走,大有子路负米的孝心与勇气。"二哥,您坐着,我给老爷子找小白梨去!什么时候打,我听您一句话,决不含糊!"他摇晃着肩膀走了出去。"正翁,您……"二哥问。

"老二,"正翁亲切地叫,"老二!咱们顶好别去浑水!"这种地方,正翁与云翁有些不同:云翁在拒绝帮忙的时候,设法叫人家看出来他的身份,理当不轻举妄动。正翁呢,到底是玩鸟儿、玩票惯了,虽然拒绝帮忙,说的可怪亲切,照顾到双方的利益。"咱们爷儿俩听听书去吧！双厚坪、恒永通，双说'西游'，可真有个听头！"

"我改天，改天陪您去！今儿个……"二哥心里很不高兴，虽然脸上不露出来——也许笑容反倒更明显了些，稍欠自然一些。他看不上多甫那个虚假劲儿：明知自己不行，却还爱说大话，只图嘴皮子舒服。即使他真想打群架，那也只是证明他糊涂；他难道看不出来，旗人的威风已不像从前那么大了吗？对正翁，二哥就更看不上了。他对于这件事完全漠不关心，他一心想去听《西游记》！

大姐婆婆在前，大姐在后，一同进来。大姐把包袱退还给二哥，里边包着点东西。不能叫客人拿着空包袱走，这是规矩，这也就是婆媳二人躲开了半天的原因。大姐婆婆好吃，存不下东西。婆媳二人到处搜寻，才偶然地碰到了一小盒杏仁粉，光绪十六年的出品。"就行啦！"大姐安慰着婆婆："反正有点东西压着包袱，就说得过去啦！"

二哥拿着远年的杏仁粉，请安道谢，告退。出了大门，打开包袱，看了看，顺手儿把小盒扔在垃圾堆上——那年月，什么地方都有垃圾堆，很"方便"。

第十章

福海二哥是有这股子劲头的：假若听说天德堂的万应锭这几天缺货，他就必须亲自去问问；眼见为实，耳听是虚。他一点不晓得定大爷肯接见他不肯。他不过是个普通的旗兵。可是，他决定去碰碰；碰巧了呢，好；碰一鼻子灰呢，再想别的办法。

他知道，他必须买通了定宅的管家，才会有见到定大爷的希望。他到便宜坊拿了一对烧鸡，并没跟王掌柜说什么。帮忙就帮到家，他不愿意叫王老头儿多操心。

提着那对鸡——打了个很体面的蒲包，上面盖着红纸黑字的门票，也鲜艳可喜——他不由地笑了笑，心里说：这算干什么玩呢！他有点讨厌这种送礼行贿的无聊，可又觉得有点好玩儿。他是旗人，有什么办法能够从蒲包儿、烧鸡的圈圈里冲出去呢？没办法！

见了管家，他献上了礼物，说是王掌柜求他来的。是的，王掌柜有点小小的、比针尖大不了多少的困难，希望定大爷帮帮忙。王掌柜是买卖地儿的人，不敢来见定大爷，所以才托他登门拜见。是呀，二哥转弯抹角地叫管家听明白，他的父亲是三品顶子的参领——他知道，定大爷虽然有钱有势，可是还没做过官。二哥也叫管家看清楚,他在定大爷面前,一定不会冒冒失失地说出现在一两银子能换多少铜钱,或烧鸡卖多少钱一只。他猜得出,定宅的银盘儿和物价都与众不同,完全由管家规定。假若定大爷万一问到烧鸡,二哥会说:这一程子,烧鸡贵得出奇!二哥这些话当然不是直入公堂说出来的。他也不是怎么说着说着,话就那么一拐弯儿,叫管家听出点什么意思来,而后再拐弯儿,再绕回来。这样拐弯抹角,他说了一个钟头。连这样,管家可是还没有替他通禀一声的表示。至此,二哥也就露出,即使等三天三夜,他也不嫌烦——好在有那对烧鸡在那儿摆着,管家还不致把他轰了出去。

管家倒不耐烦了,只好懒懒嫩嫩的立起来。"好吧,我给你回一声儿吧!"

恰好定大爷这会儿很高兴,马上传见。

定大爷是以开明的旗人自居的。他的祖父、父亲都做过外任官,到处拾来金银元宝,珍珠玛瑙。定大爷自己不急于做官,因为那些元宝还没有花完,他满可以从从容容地享些清福。在戊戌变法的时候,他甚至于相当同情维新派。他不像云翁与正翁那么顾虑到一变法就丢失了铁杆儿庄稼。他用不着顾虑,在他的宅院附近,半条街的房子都是他的,专靠房租,他也能舒舒服服地吃一辈子。他觉得自己非常清高,有时候他甚至想到,将来他会当和尚去,像贾宝玉似的。因此,他也轻看作生意。朋友们屡屡劝他拿点资本,帮助他们开个买卖,他总是摇头。对于李鸿章那伙兴办实业的人,他不愿表示意见,因为他既不明白实业是什么，又觉得"实业"二字颇为时髦，不便轻易否定。对了，定大爷就是这么样的一个阔少爷，时代潮浪动荡得那么厉害，连他也没法子听而不闻，没法子不改变点老旗人的顽固看法。可是，他的元宝与房产又遮住他的眼睛，使他没法子真能明白点什么。所以，他一阵儿明白，一阵儿糊涂，像个十岁左右、聪明而淘气的孩子。

他只有一个较比具体的主张：想叫大清国强盛起来，必须办教育。为什么要办教育呢？因为识文断字的人多起来，社会上就会变得文雅风流了。到端午、中秋、重阳，大家若是都作些诗，喝点黄酒，有多好呢！哼，那么一来，天下准保太平无事了！从实际上想，假若他捐出一所不大不小的房子做校址，再卖出一所房子购置桌椅板凳，就有了一所学堂啊！这容易做到，只要他肯牺牲那两所房子，便马上会得到毁家兴学的荣誉。

定大爷极细心地听取二哥的陈述，只在必要的地方"啊"一下或"哈"一下。二哥原来有些紧张，看到定大爷这么注意听，他脸上露出真的笑意。他心里说：哼，不亲自到药铺问问，就不会真知道有没有万应锭！心中虽然欢喜，二哥可也没敢加枝添叶，故意刺激定大爷。他心里没底——那个旗人是天之骄子，所向无敌的老底。

二哥说完，定大爷闭上眼，深思。而后，睁开眼，他用细润白胖，大指上戴着个碧绿明润的翡翠扳指的手，轻脆地拍了胖腿一下："啊！啊？我看你不错，你来给我办学堂吧！""啊？"二哥吓了一跳。

"你先别出声，听我说！"定大爷微微有点急切地说："大清国为什么……啊？"凡是他不愿明说的地方，他便问一声"啊"，叫客人去揣摩。"旗人，像你说的那个什么多，啊？去巴结外国人？还不都因为幼而失学，不明白大道理吗？非办学堂不可！非办不可！你就办去吧！我看你很好，你行！哈哈哈！"

"我，我去办学堂？我连学堂是什么样儿都不知道！"二哥是不怕困难的人，可是听见叫他去办学堂，真有点慌了。

定大爷又哈哈地笑了一阵。平日他所接触到的人，没有像二哥这么说话的。不管他说什么，即使是叫他们去挖祖坟，他们也嚅嚅是是地答应着。他们知道，过一会儿他就忘说过什么，他们也就无须去挖坟了。二哥虽然很精明，可到底和定大爷这样的人不大来往，所以没能沉住了气。定大爷觉得二哥的说话法儿颇为新颖，就仿佛偶然吃一口窝窝头也怪有个意思儿似的。"我看你可靠！可靠的人办什么也行！啊？我找了不是一天啦，什么样的人都有，就是没有可靠的！你就看我那个管家吧，啊？我叫他去买一只小兔儿，他会赚一匹骆驼的钱！哈哈哈！"

"那，为什么不辞掉他呢？"这句话已到唇边，二哥可没敢说出来，省得定大爷又笑一阵。

"啊！我知道你要说什么！我五年前就想辞了他！可是，他走了，我怎么办呢？怎见得找个新人来，买只小兔，不赚三匹骆驼的钱呢？"

二哥要笑，可是没笑出来；他也不怎么觉得一阵难过。他赶紧把话拉回来："那，那什么，定大爷，您看王掌柜的事儿怎么办呢？"

"那，他不过是个老山东儿！"

这句话伤了二哥的心。他低下头去，半天没说出话来。"怎么啦？怎么啦？"定大爷相当急切地问。在他家里，他是个小皇帝。可也正因如此，他有时候觉得寂寞、孤独。他很愿意关心国计民生，以备将来时机一到，大展经纶，像出了茅庐的诸葛亮似的。可是，自幼儿娇生惯养，没离开过庭院与花园，他总以为老米白面，鸡鸭鱼肉，都来自厨房；鲜白藕与酸梅汤什么的都是冰箱里产出来的。他接触不到普通人所遇到的困难与问题。他有点苦闷，觉得孤独。是呀，在家里，一呼百诺；出去探望亲友，还是众星捧月；看见的老是那一些人，听到的老是那一套奉承的话。他渴望见到一些新面孔，交几个真朋友。因此，他很容易把初次见面的人当作宝贝，希望由此而找到些人与人之间的新关系，增加一些人生的新知识。是的，新来上工的花把式或金鱼把式，总是他的新宝贝。有那么三四天，他从早到晚跟着他们学种花或养鱼。可是，他们也和那个管家一样，对他总是那么有礼貌，使他感到难过，感到冷淡。新鲜劲儿一过去，他就不再亲自参加种花和养鱼，而花把式与鱼把式也就默默地操作着，对他连看也不多看一眼，好像不同种的两只鸟儿相遇，谁也不理谁。

这一会儿，二哥成为定大爷的新宝贝。是呀，二哥长得体面，能说会道，既是旗人，又不完全像个旗人——至少是不像管家那样的旗人。哼，那个管家，无论冬夏，老穿着护着脚面的长袍，走路没有一点声音，像个两条腿的大猫似的！

二哥这会儿很为难，怎么办呢？想来想去，嗯，反正定大爷不是他的佐领，得罪了也没太大的关系。实话实说吧："定大爷！不管他是老山东儿，还是老山西儿，他是咱们的人，不该受洋人的欺侮！您，您不恨欺压我们的洋人吗？"说罢，二哥心里痛快了一些，可也知道恐怕这是砂锅砸蒜，一锤子的买卖，不把他轰出去就是好事。

定大爷愣了一会儿：这小伙子，教训我呢，不能受！可是，他忍住了气；这小伙子是新宝贝呀，不该随便就扔掉。"光恨可有什么用呢？啊？咱们得自己先要强啊！"说到这里，定大爷觉得自己就是最要强的人：他不吸鸦片，晓得有个林则徐；他还没做官，所以很清廉；他虽爱花钱，但花的是祖辈留下来的，大爷高兴把钱都打了水漂儿玩，谁也管不着……"定大爷，您也听说了吧，四外闹义和团哪！"

二哥这么一提，使定大爷有点惊异。他用翡翠扳指蹭了蹭上嘴唇上的黑而软的细毛——他每隔三天刮一次脸。关于较比重大的国事、天下事，他以为只有他自己才配去议论。是呀，事实是这样：他的亲友之中有不少贵人，即使他不去打听，一些紧要消息也会送到他的耳边来。对这些消息，他高兴呢，就想一想；不高兴呢，就由左耳进来，右耳出去。他想一想呢，是关心国家大事；不去想呢，是沉得住气，不见神见鬼。不管怎么说吧，二哥，一个小小的旗兵，不该随便谈论国事。对于各处闹教案，他久有所闻，但没有特别注意，因为闹事的地方离北京相当的远。当亲友中做大官的和他讨论这些事件的时候，在感情上，他和那些满族大员们一样，都很讨厌那些洋人；在理智上，他虽不明说，可是暗中同意那些富贵双全的老爷们的意见：忍口气，可以不伤财。是的，洋人不过是要点便宜，给他们就是了，很简单。至于义和团，谁知道他们会闹出什么饥荒来呢？他必须把二哥顶回去："听说了，不该闹！你想想，凭些个拿着棍子棒子的乡下佬儿，能打得过洋人吗？啊？啊？"他走到二哥的身前，嘴对着二哥的脑门子，又问了两声："啊？啊？"

二哥赶紧立起来。定大爷得意地哈哈了一阵。二哥不知道外国到底有多么大的力量，也不晓得大清国到底有多么大的力量。最使他难以把定大爷顶回去的是，他自己也不知道自己有多大力量。他只好改变了口风："定大爷，咱们这一带可就数您德高望重，也只有您肯帮助我们！您要是揣起手儿不管，我们这些小民可找谁去呢？"

定大爷这回是真笑了，所以没出声。"麻烦哪！麻烦！"他轻轻地摇着头。二哥看出这种摇头不过是做派，赶紧再央求："管管吧！管管吧！"

"可怎么管呢？"

二哥又愣住了。他原想定大爷一出头，就能把教会压下去。看样子，定大爷并不准备那么办。他不由得又想起十成来。是，十成做的对！官儿们不管老百姓的事，老百姓只好自己动手！就是这么一笔账！

"我看哪，"定大爷想起来了，"我看哪，把那个什么牧师约来，我给他一顿饭吃，大概事情也就可以过去了。啊？"

二哥不十分喜欢这个办法。可是，好容易得到这么个结果，他不便再说什么。"那，您就分心吧！"他给定大爷请了个安。他急于告辞。虽然这里的桌椅都是红木的，墙上挂着精裱的名人字画，而且小书童隔不会儿就进来，添水或换茶叶，用的是景德镇细磁盖碗，沏的是顶好的双熏茉莉花茶，他可是觉得身上和心里都很不舒服。首先是，他摸不清定大爷到底是怎么一个人，不知对他说什么才好。他愿意马上走出去，尽管街上是那么乱七八糟，飞起的尘土带着马尿味儿，他会感到舒服，亲切。

可是，定大爷不让他走。他刚要走，定大爷就问出来："你闲着的时候，干点什么？养花？养鱼？玩蛐蛐？"不等二哥回答，他先说下去，也许说养花，也许说养鱼，说着说着，就又岔开，说起他的一对蓝眼睛的白狮子猫来。二哥听得出来，定大爷什么都知道一点，什么可也不真在行。二哥决定只听，不挑错儿，好找机会走出去。

二哥对定大爷所用的语言，也觉得有点奇怪。他自己的话，大致可以分作两种：一种是日常生活中用的，里边有不少土话，歇后语，油漆匠的行话和旗人惯用的而汉人也懂得的满文词儿。他最喜欢这种话，信口说来，活泼亲切。另一种是交际语言，在见长官或招待贵宾的时候才用。他没有上过朝，只能想象：皇上若是召见他，跟他商议点国家大事，他大概就须用这种话回奏。这种话大致是以云亭大舅的语言为标准，第一要多用些文雅的词儿，如"台甫"，"府上"之类，第二要多用些满文，如"贵牛录"，"几栅栏"等等。在说这种话的时候，吐字要十分清楚，所以顶好有个腔调，并且随时要加入"嚎是"，毕恭毕敬。二哥不大喜爱这种拿腔作势的语言，每一运用，他就觉自己是在装蒜。它不亲切。可是，正因为不亲切，才听起来像官腔，像那么回事儿。

定大爷不耍官腔，这叫二哥高兴；定大爷没有三、四品官员的酸味儿。使二哥不大高兴的是：第一，定大爷的口里还有不少好几年前流行而现在已经不大用的土语。这叫他感到不是和一位青年谈话呢。听到那样的土语，他就赶紧看一看对方，似乎怀疑定大爷的年纪。第二，定大爷的话里有不少虽然不算村野，可也不算十分干净的字眼儿。二哥想得出来：定大爷还用着日久年深的土语，是因为不大和中、下层社会接触，或是接触的不及时。他可是想不出，为什么一个官宦之家的，受过教育的子弟，嘴里会不干不净。是不是中等旗人的语言越来越文雅，而高等旗人的嘴里反倒越来越简单，俗俚呢？二哥想不清楚。

更叫他不痛快的是：定大爷的话没头没脑，说着说着金鱼，忽然转到："你看，赶明儿个我约那个洋人吃饭，是让他进大门呢？还是走后门？"这使二哥很难马上作出妥当的回答。他正在思索，定大爷自己却提出答案："对，叫他进后门！那，头一招，他就算输给咱们了！告诉你，要讲斗心路儿，红毛儿鬼子可差多了！啊？"

有这么几次大转弯，二哥看清楚：定大爷是把正经事儿搀在闲话儿说，表示自己会于谈笑之中，指挥若定。二哥也看清楚：表面上定大爷很随便，很天真，可是心里并非没有自己的一套办法。这套办法必是从日常接触到的达官贵人那里学来的，似乎有点道理，又似乎很荒唐。二哥很不喜欢这种急转弯，对鬼子进大门还是走后门这类的问题，也不大感觉兴趣。他急于告别，一来是他心里不大舒服，二来是很怕定大爷再提起叫他去办学堂。

第十一章

牛牧师接到了请帖。打听明白了定大爷是何等人,他非常兴奋。来自美国,他崇拜阔人。他只尊敬财主,向来不分析财是怎么发的。因此,在他的舅舅发了财之后,若是有人暗示:那个老东西本是个流氓。他便马上反驳:你为什么没有发了财呢?可见你还不如流氓!因此,他拿着那张请帖,老大半天舍不得放下,几乎忘了定禄是个中国人,他所看不起的中国人。这时候,他心中忽然来了一阵民主的热气:黄脸的财主是可以做白脸人的朋友的!同时,他也想起:他须抓住定禄,从而多认识些达官贵人,刺探些重要消息,报告给国内或使馆,提高自己的地位。他赶紧叫仆人给他擦鞋、烫衣服,并找出一本精装的《新旧约全书》,预备送给定大爷。

他不知道定大爷为什么请他吃饭,也不愿多想。眼睛多倒猜出一点来,可是顾不得和牧师讨论。他比牛牧师还更高兴:"牛牧师!牛牧师!准是翅席哟!准是!嘿!"他咂摸着滋味,大口地咽口水。

眼睛多福至心灵地建议:牛牧师去赴宴,他自己愿当跟班的,头戴红缨官帽,身骑高大而老实的白马,给牧师拿着礼物什么的。他既骑马,牧师当然须坐轿车。"对!牛牧师!我去雇一辆车,准保体面!到了定宅,我去喊:'回事'!您听,我的嗓音儿还像那么一回事吧?"平日,他不敢跟牧师这么随便说话。今天,他看出牧师十分高兴,而自己充当跟随,有可能吃点残汤腊水,或得到两吊钱的赏赐,所以就大胆一些。

"轿车?"牛牧师转了转眼珠。

"轿车!对!"眼睛多不知吉凶如何,赶紧补充:"定大爷出门儿就坐轿车,别叫他小看了牧师!"

"他坐轿车,我就坐大轿!我比他高一等!"

眼睛多没有想到这一招,一时想不出怎么办才好。"那,那,轿子,不,不能随便坐呀!"

"那,你等着瞧!我会叫你们的皇上送给我一乘大轿,八个人抬着!"

"对!牧师!牧师应当是头品官!您可别忘了,您戴上红顶子,可也得给我弄个官衔!我这儿先谢谢牧师啦!"眼睛多规规矩矩地请了个安。

牧师"咔咔咔"地笑了一阵。

商议了许久,他们最后决定:牧师不坚持坐大轿,眼睛多也不必骑马,只雇一辆体面的骡车就行了。眼睛多见台阶就下,一来是他并没有不从马上掉下来的把握,尽管是一匹很老实的马,二来是若全不让步,惹得牧师推翻全盘计划,干脆连跟班的也不带,他便失去到定宅吃一顿或得点赏钱的机会。

宴会时间是上午十一点。牛牧师本想迟起一些,表示自己并不重视一顿好饭食。可是,他仍然起来得很早,而且加细地刮了脸。他不会去想，到定宅能够看见什么珍贵的字画，或艺术价值很高的陈设。他能够想象得到的是去看看大堆的金锭子、银锞子和什么价值连城的夜光珠。他非常兴奋，以致把下巴刮破了两块儿。

眼睛多从看街的德二爷那里借来一顶破官帽。帽子太大，戴上以后，一个劲儿在头上打转儿。他很早就来在教堂门外，先把在那儿歇腿的几个乡下人和几个捡煤核的孩子，都轰了走："这儿是教堂，站不住脚儿！散散！待会儿洋大人就出来，等着吃洋火腿吗？"看他们散去，他觉得自己的确有些威严，非常高兴。然后，他把牧师的男仆叫了出来："我说，门口是不是得动动条帚呢？待会儿，牧师出来一看……是吧？"平日，他对男仆非常客气，以便随时要口茶喝什么的，怪方便。现在，他戴上了官帽，要随牧师去赴宴，他觉得男仆理当归他指挥了。男仆一声没出，只对那顶风车似的帽子翻了翻白眼。

十点半，牛牧师已打扮停妥。他有点急躁。在他的小小生活圈子里，穷教友们是他天天必须接触到的。他讨厌他们，鄙视他们，可又非跟他们打交道不可。没有他们，他的饭锅也就砸了。他觉得这是上帝对他的一种惩罚！他羡慕各使馆的那些文武官员，个个扬眉吐气，的确像西洋人的样子。他自己算哪道西洋人呢？他几乎要祷告：叫定大爷成为他的朋友，叫他打入贵人、财主的圈子里去！那，可就有个混头儿了！这时候，他想起许多自幼儿读过的廉价的"文学作品"来。那些作品中所讲的冒险的故事,或一对男女仆人的罗曼司,不能都是假的。是呀,那对仆人结了婚之后才发现男的是东欧的一位公爵,而女的得到一笔极大极大的遗产!是,这不能都是假的!

这时候,眼睛多进来请示,轿车已到,可否前去赴宴?平时,牧师极看不起眼睛多,可是又不能不仗着他表现自己的大慈大悲,与上帝的无所不知,无所不能。现在,他心中正想着那些廉价的罗曼司,忽然觉得眼睛多确有可爱之处,像一条丑陋而颇通人性的狗那么可笑又可爱。他爱那顶破官帽。他不由地想道:他若有朝一日发了财,就必用许多中国仆人,都穿一种由他设计的服装,都戴红缨帽。他看着那顶破帽子"咔咔"了好几声。眼睛多受宠若惊,乐得连腿都有点发软,几乎立不住了。

这是秋高气爽的时候,北京的天空特别晴朗可喜。正是十一点来钟,霜气散尽,日光很暖,可小西北风又那么爽利,使人觉得既暖和又舒服。

可惜,那时代的道路很坏:甬路很高,有的地方比便道高着三四尺。甬路下面往往就是臭泥塘。若是在甬路上翻了车,坐车的说不定是摔个半死,还是掉在臭泥里面。甬路较比平坦,可也黑土飞扬,只在过皇上的时候才清水泼街,黄土垫道,干净那么三五个钟头。

眼睛多雇来的轿车相当体面。这是他头一天到车口上预定的,怕临时抓不着好车。

他恭恭敬敬地拿着那本精装《圣经》,请牧师上车。牛牧师不肯进车厢,愿跨车沿儿。

"牧师!牛牧师!请吧!没有跟班的坐里面,主人反倒跨车沿儿的,那不成体统!"眼睛多诚恳地劝说。牧师无可如何,只好往车厢里爬,眼睛多拧身跨上车沿,轻巧飘洒,十分得意。给洋人当跟随,满足了他的崇高愿望。车刚一动,牧师的头与口一齐出了声,头上碰了个大包。原来昨天去定车的时候,几辆车静静地排在一处,眼睛多无从看出来骡子瘸了一条腿。腿不大方便的骡子须费很大的事,才能够迈步前进,而牧师左摇右晃,手足失措,便把头碰在坚硬的地方。

"不要紧!不要紧!"赶车的急忙笑着说:"您坐稳点!上了甬路就好啦!别看它有点瘸,走几十里路可不算一回事!还是越走越快,越稳!"

牧师手捂着头,眼睛多赶紧往里边移动,都没说什么。车上了甬路。牧师的腿没法儿安置:开始,他拳着双腿,一手用力拉着车垫子,一手捂着头上;这样支持了一会儿,他试探着伸开一条腿。正在此时,瘸骡子也不怎么忽然往路边上一扭,牧师的腿不由地伸直。眼睛多正得意地用手往上推一推官帽,以便叫路上行人赏识他的面貌,忽然觉得腰眼上挨了一炮弹,或一铁锤。说时迟,那时快,他还没来得及"哎呀"一声,身子已飘然而起,直奔甬路下的泥塘。他想一拧腰,改变飞行的方向,可是恰好落在泥塘的最深处。别无办法,他只好极诚恳地高喊:救命啊!

几个过路的七手八脚地把他拉了上来。牛牧师见车沿已空,赶紧往前补缺。大家仰头一看,不约而同地又把眼睛多扔了回去。他们不高兴搭救洋奴。牛牧师催车夫快走。眼睛多独力挣扎了许久,慢慢地爬了上来,带着满身污泥,手捧官帽,骂骂咧咧地回了家。

定宅门外已经有好几辆很讲究的轿车,骡子也都很体面。定大爷原想叫牧师进后门,提高自己的身份,削减洋人的威风。可是,女眷们一致要求在暗中看看"洋老道"是什么样子。她们不大熟悉牧师这个称呼,而渺茫地知道它与宗教有关,所以创造了"洋老道"这一名词。定大爷觉得这很好玩,所以允许牛牧师进前门。这虽然给了洋人一点面子,可是暗中有人拿他当作大马猴似的看着玩,也就得失平衡,安排得当。

一个十三四岁的小童儿领着牧师往院里走。小童儿年纪虽小,却穿着件扑着脚面的长衫,显出极其老成,在老成之中又有点顽皮。牛牧师的黄眼珠东溜溜,西看看,不由得长吸了一口气。看,迎面是一座很高很长的雕砖的影壁,中间悬着个大木框,框心是朱纸黑字,好大的两个黑字。他不会欣赏那砖雕,也不认识那俩大黑字,只觉得气势非凡,的确是财主住的地方。影壁左右都有门,分明都有院落。"请!"小童儿的声音不高也不低,毫无感情。说罢,他向左手的门走去。门槛很高,牧师只顾看门上面的雕花,忘了下面。鞋头碰到门槛上,磕去一块皮,颇为不快。

进了二门,有很长的一段甬路,墁着方砖,边缘上镶着五色的石子,石子儿四围长着些青苔。往左右看,各有月亮门儿。左边的墙头上露着些青青的竹叶。右门里面有座小假山，遮住院内的一切，牛牧师可是听到一阵妇女的笑声。他看了看小童儿，小童儿很老练而顽皮地似乎挤了挤眼，又似乎没挤了挤眼。

又来到一座门，不很大，而雕刻与漆饰比二门更讲究。进了这道门，左右都是长廊，包着一个宽敞的院子。听不见一点人声，只有正房的廊下悬着一个长方的鸟笼，一只画眉独自在歌唱。靠近北房，有两大株海棠树，挂满了半红的大海棠果。一只长毛的小白猫在树下玩着一根鸡毛，听见脚步声，忽然地不见了。

顺着正房的西北角，小童儿把牧师领到后院。又是一片竹子，竹林旁有个小门。牧师闻到桂花的香味。进了小门，豁然开朗，是一座不小的花园。牛牧师估计，从大门到这里，至少有一里地。迎门，一个汉白玉的座子，上边摆着一块细长而玲珑的太湖石。远处是一座小土山，这里那里安排着一些奇形怪状的石头，给土山添出些棱角。小山上长满了小树与杂花，最高的地方有个茅亭，大概登亭远望，可以看到青青的西山与北山。山前，有个荷花池，大的荷叶都已残破，可是还有几叶刚刚出水，半卷半开。顺着池边的一条很窄，长满青苔的小路走，走到山尽头，在一棵高大的白皮松下，有三间花厅。门外，摆着四大盆桂花，二金二银，正在盛开。"回事！"小童儿喊了一声。听到里面的一声轻嗽，他高打帘栊，请客人进去。然后，他立在大松下，抠弄树上的白皮儿，等候命令。

花厅里的木器一致是楠木色的,蓝与绿是副色。木制的对联,楠木地绿字;匾额,楠木地蓝字。所有的磁器都是青花的。只有一个小瓶里插着两朵红的秋玫瑰花。牛牧师扫了一眼,觉得很失望——没有金盘子银碗!

定大爷正和两位翰林公欣赏一块古砚。见牛牧师进来,他才转身拱手,很响亮地说:"牛牧师!我是定禄!请坐!"牧师还没坐下,主人又说了话:"啊,引见引见,这是林小秋翰林,这是纳雨声翰林,都坐!坐!"

两位翰林,一高一矮,一胖一瘦,一满一汉,都留着稀疏的胡子。汉翰林有点拘束。在拘束之中露出他既不敢拒绝定大爷的约请,又实在不高兴与洋牧师同席。满翰林是个矮胖子,他的祖先曾征服了全中国,而他自己又吸收了那么多的汉族文化,以至当上翰林,所以不像汉翰林那么拘束。他觉得自己是天之骄子,他的才华足以应付一切人,一切事。一切人,包括着白脸蓝眼珠的,都天生来的比他低着一等或好几等。他不知道世界列强的真情实况,可的确知道外国的枪炮很厉害,所以有点怕洋鬼子。不过,洋鬼子毕竟是洋鬼子,无论怎么厉害也是野人,只要让着他们一点,客气一点,也就可以相安无事了。不幸,非短兵相接,打交手仗不可,他也能在畏惧之中想出对策。他直看牛牧师的腿,要证实鬼子腿,像有些人说的那样,确是直的。假若他们都是直腿,一倒下就再也起不来,那便好办了——只须用长竹竿捅他们的磕膝,弄倒他们,就可以像捉仰卧的甲虫那样,从从容容地捉活的就是了。牛牧师的腿并不像两根小柱子。翰林有点失望,只好再欣赏那块古砚。

"贵国的砚台,以哪种石头为最好呢?"纳雨声翰林为表示自己不怕外国人,这样发问。

牛牧师想了想,没法儿回答,只好"咔咔"了两声。笑完,居然想起一句:"这块值多少钱?"

"珍秀斋刚送来,要八十两,还没给价儿。雨翁说,值多少?"定大爷一边回答牧师,一边问纳翰林。

"给五十两吧,值!"纳雨翁怕冷淡了林小秋,补上一句,"秋翁说呢?"

秋翁知道,他自己若去买,十两银子包管买到手,可是不便给旗官儿省钱,于是只点了点头。

牛牧师的鼻子上出了些细汗珠儿。他觉得自己完全走错了路。看,这里的人竟自肯花五十两买一块破石头!他为什么不早找个门路,到这里来,而跟眼睛多那些穷光蛋们瞎混呢?他须下决心,和这群人拉拢拉拢,即使是卑躬屈膝也好!等把钱拿到手,再跟他们瞪眼,也还不迟!他决定现在就开始讨他们的喜欢!正在这么盘算,他听见一声不很大而轻脆的响声。他偷眼往里间看,一僧一道正在窗前下围棋呢。他们聚精会神地看着棋盘,似乎丝毫没理会他的光临。

那和尚有五十多岁,虽然只穿件灰布大领僧衣,可是气度不凡:头剃得极光,脑门儿极亮,脸上没有一丝五十多岁人所应有的皱纹。那位道士的道袍道冠都很讲究,脸色黄黄的,静中透亮,好像不过五十来岁,可是一部胡须很美很长,完全白了。

牛牧师不由地生了气。他，和他的亲友一样，知道除了自己所信奉的，没有，也不应当有，任何配称为宗教的宗教。这包括着犹太教、天主教。至于佛教、道教……更根本全是邪魔外道，理当消灭！现在，定大爷竟敢约来僧道陪他吃饭，分明是戏弄他，否定他的上帝！他想牺牲那顿好饭食，马上告辞，叫他们下不来台。

一个小丫鬟托着个福建漆的蓝色小盘进来，盘上放着个青花磁盖碗。她低着头，轻轻把盖碗放在他身旁的小几上，轻俏地走出去。

他掀开了盖碗的盖儿，碗里边浮动着几片很绿很长的茶叶。他喝惯了加糖加奶的稠嘟嘟的红茶，不晓得这种清茶有什么好处。他觉得别扭，更想告辞了。

"回事！"小童在外边喊了一声。

两位喇嘛紧跟着走进来。他们满面红光，满身绸缎，还戴着绣花的荷包与褡裢，通体光彩照人。

牛牧师更坐不住了。他不止生气，而且有点害怕——是不是这些邪魔外道要跟他辩论教义呢？假若是那样，他怎么办呢？他的那点学问只能吓唬眼睛多，他自己知道！一位喇嘛胖胖的，说话声音很低，嘴角上老挂着笑意，看起来颇有些修养。另一位，说话声音很高，非常活泼，进门就嚷："定大爷！我待会儿唱几句《辕门斩子》，您听听！""那好哇！"定大爷眉飞色舞地说："我来焦赞，怎样？啊，好！先吃饭吧！"他向门外喊："来呀！开饭！"小童儿在园内回答："嗻！全齐啦！"

"请！请！"定大爷对客人们说。

牛牧师听到开饭，也不怎么怒气全消，绝对不想告辞了。他决定抢先走，把僧、道、喇嘛，和翰林，都撂在后边。可是，定大爷说了话："不让啊，李方丈岁数最大，请！"

那位白胡子道士，只略露出一点点谦让的神气，便慢慢往外走，小童儿忙进来搀扶。定大爷笑着说："老方丈已经九十八了，还这么硬朗！"

这叫牛牧师吃了一惊，可也更相信道士必定有什么妖术邪法，可以长生不老。

和尚没等让，就随着道士走。定大爷也介绍了一下："月朗大师，学问好，修持好，琴棋书画无一不佳！"

牛牧师心里想：这顿饭大概不容易吃！他正这么想，两位翰林和两位喇嘛都走了出去。牛牧师皱了皱眉，定大爷面有得色。牛牧师刚要走，定大爷往前赶了一步："我领路！"牛牧师真想踢他一脚，可是又舍不得那顿饭，只好做了殿军。

酒席设在离花厅不远的一个圆亭里。它原来是亭子，后来才安上玻璃窗，改成暖阁。定大爷在每次大发脾气之后，就到这里来陶真养性。假若尚有余怒，他可以顺手摔几件小东西。这里的陈设都是洋式的，洋钟、洋灯、洋磁人儿……地上铺着洋地毯。

赶　集

序

　　这里的"赶集"不是逢一四七或二五八到集上去卖两只鸡或买二斗米的意思,不是;这是说这本集子里的十几篇东西都是赶出来的。几句话就足以说明这个:我本来不大写短篇小说,因为不会。可是自从沪战后,刊物增多,各处找我写文章;既蒙赏脸,怎好不捧场?同时写几个长篇,自然是做不到的,于是由靠背戏改唱短打。这么一来,快信便接得更多:"既肯写短篇了,还有什么说的?写吧,伙计!三天的工夫还赶不出五千字来?少点也行啊!无论怎着吧,赶一篇,要快!"话说得很"自己",我也就不好意思,于是天昏地暗,胡扯一番;明知写得不成东西,还没法不硬着头皮干。到如今居然凑成这么一小堆堆了!

　　设若我要是不教书,或者这些篇还不至于这么糟,至少是在文字上。可是我得教书,白天的工夫都花费在学校里,只能在晚间来胡扯;扯到哪儿算哪儿,没办法!

　　现在要出集了,本当给这堆小鬼一一修饰打扮一番;哼,哪有那个工夫!随它们去吧;它们没出息,日后自会受淘汰;我不拿它们当宝贝儿,也不便把它们都勒死。就是这个主意!

　　排列的次序是依着写成的先后。设若后边的比前边的好一点,那总算狗急跳墙,居然跳过去了。说真的,这种"歪打正着"的办法,能得一两个虎头虎脑的家伙就得念佛!

蒙载过这些篇的杂志们允许我把它们收入这本里,十分的感激!

老舍一九三四年,二月一日,济南。

五　九

张丙，瘦得像剥了皮的小树，差不多每天晚上来喝茶。他的脸上似乎没有什么东西；只有一对深而很黑的眼睛，显出他并不是因为瘦弱而完全没有精力。当喝下第三碗茶之后，这对黑眼开始发光；嘴唇，像小孩要哭的时候，开始颤动。他要发议论了。

他的议论，不是有统系的；他遇到什么事便谈什么，加以批评。但无论谈什么事，他的批评总结束在"中国人是无望的，我刚说的这件事又是个好证据"。说完，他自动的斟上一碗茶，一气喝完；闭上眼，不再说了，显出："不必辩论，中国人是无望的。无论怎说！"

这一晚，电灯非常的暗，读书是不可能的。张丙来了，看了看屋里，看了看电灯，点了点头，坐下，似乎是心里说："中国人是无望的，看这个灯；电灯公司……"

第三碗茶喝过，我笑着说："老张，什么新闻？"

出我意料之外，他笑了笑——他向来是不轻易发笑的。"打架来着。"他说。

"谁？你？"我问。

"我！"他看着茶碗，不再说了。

等了足有五分钟，他自动的开始："假如你看见一个壮小伙子，利用他身体气力的优越，打一个七八岁的小孩，你怎办？"

"过去劝解，我看，是第一步。"

"假若你一看见他打那个小孩子，你便想道：设若过去劝，他自然是停止住打，而嘟囔着骂话走开；那小孩子是白挨一顿打！你想，过去劝解是有意义的吗？"他的眼睛发光了，看看我的脸。

"我自然说他一顿，叫他明白他不应当欺侮小孩子，那不体面。"

"是的，不体面；假如他懂得什么体面，他还不那样做呢！而且，这样的东西，你真要过去说他几句，他一定问你：'你管得着吗？你是干什么的，管这个事？'你跟他辩驳，还不如和石头说几句好话呢；石头是不会用言语冲撞你的。假如你和他嚷嚷起来，自然是招来一群人，来看热闹；结果是他走他的，你走你的路；可是他白打了小孩一顿，没受一点惩罚；下回他遇到机会还这样作！白打一个不能抵抗的小孩子，是便宜的事，他一定这么想。"

"那么，你以为应当立刻叫他受惩罚，路见不平……那一套？"我知道他最厌恶武侠小说，而故意斗他。果然不出我所料，他说："别说《七侠五义》！我不要作什么武侠，我只是不能瞪着眼看一个小孩挨打；那叫我的灵魂全发了火！更不能叫打人的占了全胜去！我过去，一声没出，打了他个嘴巴！""他呢？"

"他？反正我是计划好了的：假如我不打他，而过去劝，他是得意扬扬而去；打人是件舒服事，从人们的兽性方面看。设若我跟他讲理，结果也还是得打架；不过，我未必打得着他，因为他必先下手，不给我先发制人的机会。"他又笑了；我知道他笑的意思。

"但是，"我问："你打了他，他一定还手，你岂是他的对手？"我很关心这一点，因为张丙是那样瘦弱的人。"那自然我也想到了。我打他，他必定打我；我必定失败。可是有一层，这种人，善于利用筋肉欺侮人的，遇到自家皮肉上挨了打，他会登时去用手遮护那里，在那一刻，他只觉得疼，而忘了动作。及至他看明白了你，他还是不敢动手，因为他向来利用筋肉的优越欺人，及至他自己挨了打，他必定想想那个打他的，一定是有些来历；因为他自己打人的时候是看清了有无操必胜之券而后开打的。就是真还了手，把我打伤，我，不全像那小子那样傻，会找巡警去。至少我跟他上警区，耽误他一天的工夫（先不用说他一定受什么别的惩罚），叫他也晓得，打人是至少要上警区的。"

他不言语了，我看得出，他心中正在难受——难受，他打了人家一下，不用提他的理由充足与否。

"他打人，人也打他，对这等人正是妥当的办法；人类是无望的，你常这么说。"我打算招他笑一下。

他没笑，只轻轻摇了摇头，说："这是今天早晨的事。下午四五点钟的时候,我又遇见他了。"

"他要动手了?"我问,很不放心的。

"动手打我一顿,倒没有什么!叫我,叫我——我应当怎样说——伤心的是:今天下午我遇见他的时候,他正拉着两个十来岁的外国小孩儿;他分明是给一家外国人做仆人的。他拉着那两个外国小孩,赶过我来,告诉他们,低声下气的央告他们:踢他!踢他!然后向我说:你!你敢打我?洋人也不打我呀!(请注意,这里他很巧妙的,去了一个'敢'字!)然后又向那两个小孩说:踢!踢他!看他敢惹洋人不敢!"他停顿了一会儿,忽然的问我:"今天是什么日子?"

"五九!"我不知道,为什么我的泪流下来了。"噢!"张丙立起来说:"怪不得街上那么多的'打倒帝国主义'的标语呢!"

他好像忘了说那句:"中国人没希望,"也没喝那么一碗茶,便走了。

热包子

爱情自古时候就是好出轨的事。不过，古年间没有报纸和杂志，所以不像现在闹得这么血花。不用往很古远里说，就以我小时候说吧，人们闹恋爱便不轻易弄得满城风雨。我还记得老街坊小邱。那时候的"小"邱自然到现在已是"老"邱了。可是即使现在我再见着他，即使他已是白发老翁，我还得叫他"小"邱。他是不会老的。我们一想起花儿来，似乎便看见些红花绿叶，开得正盛；大概没有一人想花便想到落花如雨，色断香销的。小邱也是花儿似的，在人们脑中他永远是青春，虽然他长得离花还远得很呢。

小邱是从什么地方搬来的和哪年搬来的，我似乎一点也不记得。我只记得他一搬来的时候就带着个年轻的媳妇。他们住我们的外院一间北小屋。从这小夫妇搬来之后，似乎常常听人说：他们俩在夜半里常打架。小夫妇打架也是自古有之，不足为奇；我所希望的是小邱头上破一块，或是小邱嫂手上有些伤痕……我那时候比现在天真的多多了；很欢迎人们打架，并且多少要挂点伤。可是，小邱夫妇永远是——在白天——那么快活和气，身上确是没伤。我说身上，一点不假，连小邱嫂的光脊梁我都看见过。我那时候常这么想：大概他们打架是一人手里拿着一块棉花打的。

小邱嫂的小屋真好。永远那么干净永远那么暖和,永远有种味儿——特别的味儿,没法形容,可是显然的与众不同。小俩口味儿,对,到现在我才想到一个适当的形容字。怪不得那时候街坊们,特别是中年男子,愿意上小邱嫂那里去谈天呢,谈天的时候,他们小夫妇永远是欢天喜地的,老好像是大年初一迎接贺年的客人那么欣喜。可是,客人散了以后,据说,他们就必定打一回架。有人指天起誓说,曾听见他们打得"咚咚"的响。

小邱,在街坊们眼中,是个毛腾厮火的小伙子。他走路好像永远脚不贴地,而且除了在家中,仿佛没人看见过他站住不动,哪怕是一会儿呢。就是他坐着的时候,他的手脚也没老实着的时候。他的手不是摸着衣缝,便是在凳子沿上打滑溜,要不然便在脸上搓。他的脚永远上下左右找事做,好像一边坐着说话,还一边在走路,想象的走着。街坊们并不因此而小看他,虽然这是他永远成不了"老邱"的主因。在另一方面,大家确是有点对他不敬,因为他的脖子老缩着。不知道怎么一来二去的"王八脖子"成了小邱的另一称呼。自从这个称呼成立以后,听说他们半夜里更打得欢了。可是,在白天他们比以前更显着欢喜和气。

小邱嫂的光脊梁不但是被我看见过,有些中年人也说看见过。古时候的妇女不许露着胸部,而她竟自被人参观了光脊梁,这连我——那时还是个小孩子——都觉着她太洒脱了。这又是我现在才想起的形容字——洒脱。她确是洒脱：自天子以至庶人好像没有和她说不来的。我知道门外卖香油的，卖菜的，永远给她比给旁人多些。她在我的孩子眼中是非常的美。她的牙顶美，到如今我还记得她的笑容，她一笑便会露出世界上最白的一点牙来。只是那么一点，可是这一点白色能在人的脑中延展开无穷的幻想，这些幻想是以她的笑为中心，以她的白牙为颜色。拿着落花生，或铁蚕豆，或大酸枣，在她的小屋里去吃，是我儿时生命里一个最美的事。剥了花生豆往小邱嫂嘴里送，那个报酬是永生的欣悦——能看看她的牙。把一口袋花生都送给她吃了也甘心，虽然在事实上没这么办过。

小邱嫂没生过小孩。有时候我听见她对小邱半笑半恼的说，凭你个软货也配有小孩？！小邱的脖子便缩得更厉害了，似乎十分伤心的样子；他能半天也不发一语，呆呆的用手擦脸，直等到她说："买洋火！"他才又笑一笑，脚不擦地飞了出去。

记得是一年冬天，我刚下学，在胡同口上遇见小邱。他的气色非常的难看，我以为他是生了病。他的眼睛往远处看，可是手摸着我的绒帽的红绳结子，问："你没看见邱嫂吗？""没有哇，"我说。

"你没有？"他问得极难听，就好像为儿子害病而占卦的妇人，又愿意听实话，又不愿意相信实话，要相信又愿反抗。他只问了这么一句，就向街上跑了去。

那天晚上我又到邱嫂的小屋里去，门，锁着呢。我虽然已经到了上学的年纪，我不能不哭了。每天照例给邱嫂送去的落花生，那天晚上居然连一个也没剥开。

第二天早晨，一清早我便去看邱嫂，还是没有；小邱一个人在炕沿上坐着呢，手托着脑门。我叫了他两声，他没搭理我。

差不多有半年的工夫，我上学总在街上寻望，希望能遇见邱嫂，可是一回也没遇见。

她的小屋，虽然小邱还是天天晚上回来，我不再去了。还是那么干净，还是那么暖和，只是邱嫂把那点特别的味儿带走了。我常在墙上，空中看见她的白牙，可是只有那么一点白牙，别的已不存在；那点牙也不会轻轻嚼我的花生米。

小邱更毛腾厮火了，可是不大爱说话。有时候他回来的很早，不做饭，只呆呆的愣着。每遇到这种情形，我们总把他让过来，和我们一同吃饭。他和我们吃饭的时候，还是有说有笑，手脚不识闲。可是他的眼时时往门外或窗外瞭那么一下。我们谁也不提邱嫂；有时候我忘了，说了句："邱嫂上哪儿了呢？"他便立刻搭讪着回到小屋里去，连灯也不点，在炕沿上坐着。有半年多，这么着。

忽然有一天晚上，不是五月节前，便是五月节后，我下学后同着学伴去玩，回来晚了。正走在胡同口，遇见了小邱。他手里拿着个碟子。

"干什么去？"我截住了他。

他似乎一时忘了怎样说话了，可是由他的眼神我看得出，

他是很喜欢,喜欢得说不出话来。呆了半天,他似乎趴在我的耳边说的:

"邱嫂回来啦,我给她买几个热包子去!"他把个"热"字说得分外的真切。

我飞了家去。果然她回来了。还是那么好看,牙还是那么白,只是瘦了些。

我直到今日,还不知道她上哪儿去了那么半年。我和小邱,在那时候,一样的只盼望她回来,不问别的。到现在想起来,古时候的爱情出轨似乎也是神圣的,因为没有报纸和杂志们把邱嫂的相片登出来,也没使小邱的快乐得而复失。

爱的小鬼

我向来没有见过苓这么喜欢，她的神气几乎使人怀疑了，假如不是使人害怕。她哼唧着有腔无字的歌，随着口腔的方便继续的添凑，好像可以永远唱下去而且永远新颖，扶着椅子的扶手，似乎是要立起来，可是脚尖在地上轻轻的点动，似乎急于为她自造的歌曲敲出节拍，而暂时的忘了立起来。她的眼可是看着天花板，像有朵鲜玫瑰在那儿似的。她的耳似乎听着她自己脸上的红潮进退的微音。她确是快乐得有点忘形。她忽然的跳起来，自己笑着，三步加一跳的在屋中转了几个圈，故意的微喘，嘴更笑得张开些。头发盖住了右眼，用脖子的弹力给抛回头上，然后双手交叉撑住脑勺儿，又看天花板上那朵无形的鲜玫瑰。

"苓！"我叫了她一声。

她的眼光似乎由天上收回到人间来了，刚遇上我的便又微微的挪开一些，放在我的耳唇那一溜儿。

"什么事这么喜欢？"我用逗弄的口气"说"——实在不像是"问"。

"猜吧。"苓永远把两个字，特别是那半个"吧"，说得像音乐作的两颗珠子，一大一小。

"谁猜得着你个小狗肚子里又憋什么坏！"我的笑容把那个"！"减去一切应有的分量。

"你个臭东东！打你去！"苓欢喜的时候，"东西"便是"东东"。

"不用打岔，告诉我！"

"偏不告诉你，偏不，偏不！"她还是笑着，可是笑的声儿，恐怕只有我听得出来，微微有点不自然了。

设若我不再往下问，大概三分钟后她总得给我些眼泪看看。设若一定问，也无须等三分钟眼泪便过度的降生。我还是不敢耽误工夫太大了，一分钟冷静的过去，全世界便变成个冰海。迅速定计，可是，真又不容易。爱的生活里有无数的小毛毛虫，每个小毛毛虫都足以使你哭不得笑不得。一天至少有那么几次。

"好宝贝，告诉我吧！"说得有点欠火力，我知道。她笑着走向我来，手扶在我的藤椅背沿上。

"告诉你吧？"

"好爱人！"

"我妹妹待一会儿来。"

我的心从云中落在胸里。

"英来也值得这么乐，上星期六她还来过呢。还有别的典故，一定。"爱的笑语里时常有个小鬼，名字叫"疑"。苓的脸，设若，又红起来，我的罪过便只限于爱闹着玩；她的脸上红色退了，我知道还是要阴天！

"你老不许人交朋友!"头一个闪。

"英还同着个人来?"我的雷也响了。

"不理你,不理你啦!"是的,被我猜对了。

一个旧日的男朋友——看爱的情面,我没敢多往这点上想。但是,就假使是个旧日的——爽快的说出来吧——爱人,又有什么关系?没关系,一点关系没有!可是,她那么快乐?天阴得更沉了。

苓又坐在她的小黑椅子上了。又依着发音机关的方便创造着自然的歌,可是并不带分毫歌意。

她和我全不说话了,都心里制造着黑云;雷闪暂时休息,可是大雨快到了。谁也不肯再先放个休战的口号,两个人的战事,因为关系不大,所以更难调解。家庭里需要个小孩,其次是只小狗或小猫;不然,就是一对天使,老在一块儿,也得设法拌几句嘴,好给爱的音乐一点变化。决定去抱只小猫,我计划着;满可以不再生气了,但是"我"不能先投降;好吧,计划着抱只小猫:要全身雪白,短腿,长身,两个小耳朵就像两个小棉花阄儿。这个小白球一定会减少我们俩的小冲突。一定!可是,焉知不因这小白宝贝又发生新战事呢?离婚似乎比抱小白猫还简当,但这是发疯,就是离婚也不能由我提出!君子吗?君子似乎是没多大价值;看不起自己了;还是不能先向她投降;心中要笑;还是设计抱小猫吧!

英来了,暂时屈尊她做小白猫吧。无论多么好的小姨子,遇到夫妻的冲突,哪怕小的冲突呢,她总是站在她们那边的。

特别是定了婚的小姨，像英，因为正恋着自己的天字第一号的男性，不由的便挑剔出姐丈的毛病，以便给她那个人又增补上一些优点。可是我自有办法，我才不当着她们俩争论是非呢；我把苓交给英，便出去走走；她们背地里怎样谈论我，听不见心不烦，爱说什么说什么。这样，英便是小白猫了。

英刚到屋门，我的帽子已在手中，我不能不庆祝我的手疾眼快，就是想作个大魔术家也不是全无希望的。况且，脸上那一堆笑纹，倒好像英是发笑药似的。

"出门吗，共产党？"英对我——从她有了固定的情人以后——是一点不带敬意的。

"看个朋友去，坐着啊，晚上等我一块吃饭啊。"声音随着我的脚一同出了屋门，显着异常的缠绵幽默。

出了街门，我的速度减缩了许多，似乎又想回去了。为什么英独自来，而没同着那个人呢？是不是应当在街门外等等，看个水落石出？未免太小气了？焉知苓不是从门缝中窥看我呢？走吧，别闹笑话！偏偏看见个邮差，他的制服的颜色给我些酸感。

本来是不要去看朋友的；上哪儿去呢？走着瞧吧。街上不少女子，似乎今天街上没有什么男的。而且今天遇见的女子都非常的美艳，虽然没拿她们和苓比较，可是苓似乎在我心中已经没有很分明的一个丽像，像往常那样。由她们的美好便想到，我在她们的眼中到底是怎样的人物呢？由这个设想，心思的路线又折回到苓，她到底是佩服我呢，还是真爱我呢？佩服的爱是牺牲,无头脑的爱是真爱,苓的是哪种?借着百货店的玻璃照了照自己,也还看不出十分不得女子的心的地方。英老管我叫共产党,也许我的胡子茬太重,也许因为我太好辩论?可是苓在结婚以前说过,她"就"是爱听我说话。也许现在她的耳朵与从前不同了?说不定。

该回去了,隔着铺户的窗子看看里面的钟,然后拿出自己的表,这样似乎既占了点便宜,又可以多消磨半分来的时间;不过只走了半点多钟。不好就回家,这么短的时间不像去看朋友;君子人总得把谎话作圆到了。

对面来了个人,好像特别挑选了我来问路;我脸上必定有点特别引人注意的地方,似乎值得自傲。

"到万字巷去是往那么走?"他向前指着。

"一点也不错。"笑着,总得把脸上那点特别引人注意的地方作足。

"凑巧您也许知道万字巷里可有一家姓李的,姊妹俩?"脸上那点刚作足的特点又打了很大的折扣!"是这小子!"心里说。然后向他:"可就是,我也在那儿住家。姊妹俩,怪好看,摩登,男朋友很多?"

那小子的脸上似乎没了日光。"噢"了几声。我心里比吃酸辣汤还要痛快,手心上居然见了汗。

"您能不能替我给她们捎个信?"

"不费事,正顺手。"

"您大概常和她们见面?"

"岂敢，天天看见她们；好出风头，她们。"笑着我自己的那个"岂敢"。

"原先她们并不住在万字巷，记得我给她们一封信，写的不是万字巷，是什么街？"

"大佛寺街，谁都知道她们的历史，她们搬家都在报纸本地新闻栏里登三号字。"

"噢！"他这个"噢"有点像牛闭住了气。"那么，请您就给捎个口信吧，告诉她们我不再想见她们了——""正好！"我心里说。

"我不必告诉您我的姓名，您一提我的样子她们自会明白。谢谢！"

"好说！我一定把信带到！"我伸出手和他握了握。

那小子带着五百多斤的怒气向后转。我往家里走——不是走，是飞。

到了家中。胜利使我把嫉妒从心里铲净，只是快乐，乐得几乎错吻小姨。但是街上那一幕还在心中消化着，暂且闷她们一会儿。

"他怎还不来？"英低声问苓。

我假装没听见。心里说："他不想再见你们！"

苓在屋中转开了磨，时时用眼偷着撩我一下；我假装写信。

"你告诉他是这里，不是——"苓低声的问。

"是这里，"英似乎也很关切，"我怕他去见伯母，所以写信说咱俩都住在这里。也没告诉他你已结了婚。"我心中笑得起了泡。

"你始终也没看见他?"

"你知道他最怕妇女,尤其是怕见结过婚的妇女。"我的耳朵似乎要惊。

"他一晃儿走了八年了,一听说他来我直欢喜得像个小鸟,"苓说。

我憋不住了"谁?"

"我们舅舅家的大哥!由家里逃走八年了!他待一会儿也许就来,他来的时候你可得藏起去,他最不喜欢见亲戚!""为什么早不告诉我?"我的声音有点发颤。

"你不是看朋友去了吗?谁知道你这么快就回来。我要明明白白的告诉你,你光景是不会相信么;臭男人们,脏心眼多着呢!"

她们的表哥始终没来。

同 盟

"男子即使没别的好处,胆量总比女人大一些。"天一对爱人说,因为她把男人看得不值半个小钱。

"哼!"她的鼻子里响了声,天一的话只值得用鼻子回答。"天一虽然没胆量,可是他的话说得不错;男子,至少是多数的男子,比你们女人胆儿大。天一,你很怕鬼,是不是?我就不管什么鬼不鬼,专好走黑路!"子敬对爱人说,拿天一做了她所看不起的男子的代表。

"哼!"她的鼻子里响了一声,把子敬和天一全看得不值半个小钱。

他们俩都以她为爱人,写信的时候都称她为"我的粉红翅的安琪儿"。可是她——玉春——高兴的时候才给他们一个"哼"。

看见子敬也挨了一哼,天一的心差点乐碎了:"我怕鬼;也不是谁,那天电灯忽然灭了,吓得登时钻了被窝?""对了,也不是谁,那天看见一个老鼠,嘴唇都吓白了?"子敬也发了问。

"也不是谁,那天床上有个鸡毛,吓得直叫唤?""也不是谁,那天——"

玉春没等子敬说出男子胆大的证据，发了命令："都给我出去！"

二位先生立刻觉出服从是必要的，一齐微笑，一齐立起，一齐鞠躬，一齐出去。

出了她的屋门，二位立刻由情敌改为朋友。

"子敬，还得回去，圆上脸面。"天一说："咱俩一齐上她的屋顶，表示男子登梯爬高也不眼晕？"

"万一要真眼晕，从房上滚下来呢，岂不是当场出丑？"子敬不赞成。

"再说，咱们的新洋服也六十多块一身呢；爬一身土？不！"天一看了看自己的裤缝比子敬的直些，更不愿上房了。

"你说怎么办？"

"咱们俩三天不去找她，"子敬建议："到第三天晚上，你我前后脚到她那里去，假装咱们俩也三天没见面了，咱们一见面，你就问我：子敬，老没见呀，上哪儿啦？我就造一片谣言，说什么表嫂被鬼迷住了，我去给赶鬼。然后我就问你；天一，老没见呀，上哪儿啦？你就造一片谣言，说家里闹狐狸精，盆碗大酒坛子满屋里飞，你回家去捉妖。这个主意怎样？"

"不错，可也不十分高明，"天一取了批评的态度说："第一，我三天不去，你要是偷偷的去了呢？不公道！""一言为定，谁也不准私自去。咱们俩讲究联合起来，公开的，和她求爱；看到底谁能得胜，这才叫难能可贵！谁要是背地里加油，谁就不算人！"子敬带着热情声明。

"好了；第二，咱们造谣，她可得信哪？"天一问。"这里还有文章，"子敬非常的得意："我刚才说什么时候去找她？晚上。为什么要在晚上？女人在晚上胆子更小。你我拼命的说鬼，小眼鬼，大眼鬼，牛头鬼，歪脖鬼，越多越好，越厉害越好，你说，她得害怕不？她一害怕，咱俩就告辞，她还不央告咱们多坐一会儿？这，她已经算输了。咱们乐得多坐一会儿，可是不要再提半个鬼字。然后，你或者我，立起来说：唉！忘了，还得出城呢！好在路上只经过五六块坟地，不算什么；有鬼也打它个粉碎！你或是我这么说完就走。然后剩下的那位也立起来，也说些什么到亲戚家去守尸那类的话，也就出来。谁先走谁在巷口上等，咱们好一块儿回来。"

"她相信吗？"

"管她信不信呢，"子敬笑了："反正半夜里独自走道，女人就来不及。就是她不信咱们去打鬼守尸，她也得佩服咱们敢在半夜里独行。"

"对！现在要说第三，咱们三天不去，岂不是给小李个好机会？你难道不知道她给小李的哼声比给咱们的柔和着一半？"

"这——"子敬确是要思索会儿了；想了半天，有了主意："你要晓得，天一，在爱情的进程里须有柔有刚，忽近忽远;一味的缠磨,有时适足惹起厌恶,因为你老不给她想念你的机会,她自然对你不敬。反之,在相当的时节给她个休息三天,你看吧,她再见你的时候,管保另眼看待,就好像三个星期没看电影以后,连破片子也觉得有趣。咱们三天不去,而小李天天去,正可以减少他的价值,而增高我们的身份。咱们先约好,你给她买水果,我买鲜花;而且要理发刮脸,穿新洋服,这一下子要不把小李打退十里才怪!""有理!"天一十分佩服子敬。

"这只是一端,还有花样呢,"子敬似乎说开了头,话是源源而来,"咱们还可以当面和小李挑战,假如他也在那儿的话——我想咱们必定遇上他。咱们就可以老声老气的问他:小李,不跟我到王家坟绕个弯?或是,小李,跟我去守尸吧?他一定说不去;在她面前,咱们又压过他一头。"天一插嘴:"他要是不输气,真和咱们去,咱们岂不漏了底?"

"没那回事!他干什么没事发疯去半夜绕坟地玩呀,他正乐得我们出去;他好多坐一会儿——可是适足以增加她的厌恶心。他又不认识咱们的亲戚,他去守哪门子尸呀;当然说不去。只要他一说不去,咱们就算战胜,因为女子的心细极了,她总要把爱人们全丝毫不苟的称量过,然后她挑选个最合适的——最合适的,并非是最好的,你要晓得。你看,小李的长相,无须说,是比咱俩漂亮些。"

"哼!"天一差点把鼻子弄成三个鼻孔。

"可是，漂亮不是一切。假如个个女子'能'嫁梅博士，不见得个个就'愿'嫁他。小李漂亮及格，而无胆量，便不是最合适的；女子不喜欢女性的男人；除非是林黛玉那样的痨病鬼，才会爱那个傻公子宝玉，可是就连宝玉也到底比黛玉强健些，是不是？看吧，我的计划决弄不出错儿来！等把小李打倒，那便要看你我见个高低了。"子敬笑了。

天一看了看自己的拳头，并不比子敬的大，微觉失意。小李果然是在她那里呢。

子敬先到，献上一束带露水的紫玫瑰。

她给他一个小指叫他挨了一挨，可是没哼。他的脸比小李的多着二两雪花膏。

天一次到，献上一筐包纸印洋字的英国罐形梨。

她给他一个小指叫他挨了一挨，可是没哼。他的头发比小李的亮得多着二十烛光。

"喝，小李，"二人一齐唱，"领带该换了！"

她的眼光在小李的项下一扫。二人心中痒了一下。"天一，老没见哪？别太用功了；得个学士就够了，何必非考留洋不可呢？"子敬独唱。

"不是；不用提了！"天一叹了口气："家里闹狐狸。""哟！"子敬的脸落下一寸。

"家里闹狐狸还往这儿跑干吗？"玉春说："别往下说，不爱听！"

天一的头一炮没响，心中乱了营。

"大概是闹完了？"子敬给他个台阶："别说了，怪叫人害怕！我倒不怕；小李你呢？"

"晚上不大爱听可怕的事，"小李回答。

子敬看了天一一眼。

"子敬，老没见哪？"天一背书似的问："上哪儿去？""也是可怕的事，所以不便说，怕小李害怕；表哥家里闹大头鬼，我——"

玉春把耳朵用手指堵上。

"噢，对不起！不说就是了。"子敬很快活的道歉。小李站起来要走。

"咱们也走吧？"天一探探子敬的口气。

"你上哪儿？"子敬问。

"二舅过去了，得去守尸，家里还就是我有点胆子。你呢？""我还得出城呢，好在只过五六块坟地，遇上一个半个吊死鬼也还没什么。"子敬转问小李，"不出城和我绕个弯去？坟地上冒绿火，很有个意思。"

小李摇了摇头。

天一和小李先走了，临走的时候天一问小李愿意陪他守尸去不？小李又摇了摇头。

剩下子敬和玉春。

"小李都好，"他笑着说，"就是胆量太小，没有男子气。请原谅我,按说不应当背后讲究人,都是好朋友。""他的胆子不大。"她承认了。

"一个男人没有胆气可不大好办。"子敬叹惜着。"一个男人要是不诚实,假充胆大,就更不好办。"她看着天花板说。

子敬胸中一恶心。

"请你告诉天一以后少来,我不愿意吃他的果子,更不愿意听闹狐狸!"

"一定告诉他:以后再来,我不约着他就是了。""你也少来,不愿意什么大头鬼小头鬼的吓着我的小李。小李的领带也用不着你提醒他换;我是干什么的?再说,长得俊也不在乎修饰;我就不爱看男人的头发亮得像电灯泡。"

天一一清早就去找子敬,心中觉得昨晚的经过确是战胜了小李——当着她承认了胆小。

子敬没在宿舍,因为入了医院。

子敬在医院里比不在医院里的人还健美,脸上红扑扑的好像老是刚吃过一杯白兰地。可是他要住医院——希望玉春来看他。假如她拿着一束鲜花来看他,那便足以说明她还是有意,而他还大有希望。

她压根儿没来!

于是他就很喜欢:她不来,正好。因为他的心已经寄放在另一地方。

天一来看他，带来一束鲜花，一筐水果，一套武侠爱情小说。到底是好朋友，子敬非常感谢天一；可是不愿意天一常来，因天一头一次来看朋友，眼睛就专看那个小看护妇，似乎不大觉得子敬是他所要的人。而子敬的心现在正是寄放在小看护妇的身上，所以既不以玉春无情为可恼，反觉得天一的探病为多事。不过，看在鲜花水果的面上，还不好意思不和天一瞎扯一番。

"不用叫玉春臭抖，我才有工夫给她再送鲜花呢！"子敬决定把玉春打入冷宫。

"她的鼻子也不美！"天一也觉出她的缺点。

"就会哼人，好像长鼻子不为吸气，只为哼气的！""那还不提，鼻子上还有一排黑雀斑呢！就仗着粉厚，不然的话，那只鼻子还不像个斑竹短烟嘴？"

"扇风耳朵！"

"故意的用头发盖住，假装不扇风！"

"上嘴唇多么厚！"

"下嘴唇也不薄，两片夹馅的鸡蛋糕，白叫我吻也不干！""高领子专为掩盖着一脖子泥！"

"小短手就会接人家的礼物！"

粉红翅的安琪儿变成一个小钱不值。

天一舍不得走；子敬假装要吃药，为是把天一支出去。二人心中的安琪儿现在不是粉红翅的了，而是像个玉蝴蝶：白帽，白衣，白小鞋，耳朵不扇风，鼻子不像斑竹烟嘴，嘴唇不像两片鸡蛋糕，脖子上没泥，而且胳臂在外面露着，像一对温泉出的藕棒，又鲜又白又香甜。这还不过是消极的比证；积极的美点正是非常的多：全身没有一处不活泼，不漂亮，不温柔，不洁净。先笑后说话，一嘴的长形小珍珠。按着你的头闭上了眼，任你参观，她是只顾测你的温度。然后，小白手指轻动，像蟋蟀的须儿似的，在小白本上写几个字。你碰她的鲜藕棒一下，不但不恼，反倒一笑。捧着药碗送到你的唇边。对着你的脸问你还要什么。子敬不想再出院，天一打算也赶紧搬进来，预防长盲肠炎。好在没病住院，自要纳费，谁也不把你撵出去。

子敬的鲜花与水果已经没地方放。因为天一有时候一天来三次；拿子敬当幌子，专为看她。子敬在院内把看护所应作的和帮助作的都尝试过，打清血针，照爱克司光，洗肠子；越觉得她可爱：老是那么温和，干净，快活。天一在院外把看护的历史族系住址籍贯全打听明白；越觉得她可爱：虽够不上大家闺秀，可也不失之为良家碧玉。子敬打算约她去看电影，苦于无法出口——病人出去看电影似乎不成一句话。天一打算请她吃饭，在医院外边每每等候半点多钟，一回没有碰到她。

"天一，"子敬最后发了言，"世界上最难堪的是什么？"

"据我看是没病住医院。"天一也来得厉害。

"不对。是一个人发现了爱的花,而别人老在里面捣乱!"

"你是不喜欢我来?"

"一点不错;我的水果已够开个小铺子的了,你也该休息几天吧。"

"好啦,明天不再买果子就是,来还是要来的。假如你不愿意见我的话,我可以专来找她;也许约她出去走一走,没准!"

天一把子敬拿下马来了。子敬假笑着说。

"来就是了,何必多心呢!也许咱们是生就了的一对朋友兼情敌。"

"这么说,你是看上了小秀珍?"天一诈子敬一下。"要不然怎会把她的名字都打听出来!"子敬也不示弱。"那也是个本事!"天一决定一句不让。

"到底不如叫她握着胳臂给打清血针。你看,天一,这只小手按着这儿,那只小手——打得浑身发麻!"

天一馋得直咽唾沫,非常的恨恶子敬;要不是看他是病人,非打他一顿不可,把清血药汁全打出来!

天一的脸气得像大肚坛子似的走了,决定明天再来。天一又来了。子敬热烈的欢迎他。

"天一,昨天我不是说咱俩天生是好朋友一对?真的!咱们还得合作。"

"又出了事故？"天一惊喜各半的问。

"你过来，"子敬把声音低降得无可再低，"昨天晚上我看见给我治病的那个小医生吻她来着！"

"喝！"天一的脸登时红起来。"那怎么办呢？""还是得联合战线，先战败小医生再讲。"

"又得设计？老实不客气的说，对于设计我有点寒心，上次——"

"不用提上次，那是个教训，有上次的经验，这回咱们确有把握。上次咱们的失败在哪儿？"

"不诚实，假充大胆。"

"是呀。来，递给我耳朵。"以下全是嘀咕嘀咕。

秀珍七点半来送药——一杯开水，半片阿司匹林。天一七点二十五分来到。

秀珍笑着和天一握手，又热又有力气。子敬看着眼馋，也和她握手，她还是笑着。

"天一，你的气色可不好，怎么啦？"子敬很关心的问。"子敬，你的胆量怎样？假如胆小的话，我就不便说了。""我？为人总得诚实，我的胆子不大。可是，咱们都在这儿，还怕什么？说吧！"

"你知道，我也是胆小——总得说实话。你记得我的表哥？西医，很漂亮——"

"我记得他，大眼睛，可不是，当西医；他怎么啦？""不用提啦!"天一叹了一口气:"把我表嫂给杀了!""哟!"子敬向秀珍张着嘴。

"他不是西医吗,好,半夜三更撒呓症,用小刀把表嫂给解剖了!"天一的嘴唇都白了。

"要不怎么说,姑娘千万别嫁给医生呢!"子敬对秀珍说:"解剖有瘾,不定哪时一高兴便把太太做了试验,不是玩的!""我可怕死了!"天一直哆嗦:"大卸八块,喝,我的天爷!

秀珍女士,原谅我,大晚上的说这么可怕的事!""我才不怕呢,"秀珍轻慢的笑着:"常看死人。我们当看护的没有别的好处,就是在死人前面觉到了比常人有胆量,尸不怕,血不怕;除了医生就得属我们了。因此,我们就是看得起医生!"

"可是,医生作梦把太太解剖了呢?"天一问。"那只是因为太太不是看护。假如我是医生的太太,天天晚上给他点小药吃,消食化水,不会作恶梦。""秀珍!"小医生在门外叫:"什么时候下班哪?我楼下等你。"

"这就完事;你进来,听听这件奇事。"秀珍把医生叫了进来,"一位大夫在梦中把太太解剖了。"

"那不足为奇!看护妇作梦把丈夫毒死当死尸看着,常有的事。胆小的人就是别娶看护妇,她一看不起他,不定几时就把他毒死,为是练习看守死尸。就是不毒死他,也得天天打他一顿。胆小的男人,胆大的女人,弄不到一块!走啊,秀珍,看电影去!"

"再见——"秀珍拉着长声,手拉手和小医生走出去。子敬出了院。

天一来看他。"干什么玩呢,子敬?"

"读点妇女心理,有趣味的小书!"子敬依然乐观。"子敬,你不是好朋友,独自念妇女心理!"

"没的事!来,咱们一块儿念。念完这本小书,你看吧,一来一个准!就怕一样——四角恋爱。咱们就怕四角恋爱。上两回咱们都输了。"

"顶好由第三章,'三角恋爱'念起。"

"好吧。大概几时咱俩由同盟改为敌手,几时才真有点希望,是不是?"

"也许。"

微　神

　　清明已过了，大概是；海棠花不是都快开齐了吗？今年的节气自然是晚了一些，蝴蝶们还很弱；蜂儿可是一出世就那么挺拔，好像世界确是甜蜜可喜的。天上只有三四块不大也不笨重的白云，燕儿们给白云上钉小黑丁字玩呢。没有什么风，可是柳枝似乎故意地轻摆，像逗弄着四外的绿意。田中的清绿轻轻地上了小山，因为娇弱怕累得慌，似乎是，越高绿色越浅了些；山顶上还是些黄多于绿的纹缕呢。山腰中的树，就是不绿的也显出柔嫩来，山后的蓝天也是暖和的，不然，大雁们为何唱着向那边排着队去呢？石凹藏着些怪害羞的三月兰，叶儿还赶不上花朵大。

　　小山的香味只能闭着眼吸取，省得劳神去找香气的来源，你看，连去年的落叶都怪好闻的。那边有几只小白山羊，叫的声儿恰巧使欣喜不至过度，因为有些悲意。偶尔走过一只来，没长犄角就留下须的小动物，向一块大石发了会儿愣，又颠颠着俏式的小尾巴跑了。

　　我在山坡上晒太阳，一点思念也没有，可是自然而然地从心中滴下些诗的珠子，滴在胸中的绿海上，没有声响，只有些波纹走不到腮上便散了的微笑；可是始终也没成功一整句。

一个诗的宇宙里，连我自己好似只是诗的什么地方的一个小符号。

越晒越轻松，我体会出蝶翅是怎样的欢欣。我搂着膝，和柳枝同一律动前后左右的微动，柳枝上每一黄绿的小叶都是听着春声的小耳勺儿。有时看看天空，啊，谢谢那块白云，它的边上还有个小燕呢，小得已经快和蓝天化在一处了，像万顷蓝光中的一粒黑痣，我的心灵像要往那儿飞似的。

远处山坡的小道，像地图上绿的省份里一条黄线。往下看，一大片麦田，地势越来越低，似乎是由山坡上往那边流动呢，直到一片暗绿的松树把它截住，很希望松林那边是个海湾。及至我立起来，往更高处走了几步，看看，不是；那边是些看不甚清的树，树中有些低矮的村舍；一阵小风吹来极细的一声鸡叫。

春晴的远处鸡声有些悲惨，使我不晓得眼前一切是真还是虚，它是梦与真实中间的一道用声音作的金线；我顿时似乎看见了个血红的鸡冠：在心中，村舍中，或是哪儿，有只——希望是雪白的——公鸡。

我又坐下了；不，随便的躺下了。眼留着个小缝收取天上的蓝光，越看越深，越高；同时也往下落着光暖的蓝点，落在我那离心不远的眼睛上。不大一会儿，我便闭上了眼，看着心内的晴空与笑意。

我没睡去，我知道已离梦境不远，但是还听得清清楚楚小鸟的相唤与轻歌。说也奇怪，每逢到似睡非睡的时候，我才看见那块地方——不晓得一定是哪里,可是在入梦以前它老是那个样儿浮在眼前。就管它叫作梦的前方吧。这块地方并没有多大,没有山,没有海。像一个花园,可又没有清楚的界限。差不多是个不甚规则的三角,三个尖端浸在流动的黑暗里。一角上——我永远先看见它——是一片金黄与大红的花,密密层层!没有阳光,一片红黄的后面便全是黑暗,可是黑的背景使红黄更加深厚,就好像大黑瓶上画着红牡丹,深厚得至于使美中有一点点恐怖。黑暗的背景,我明白了,使红黄的一片抱住了自己的彩色,不向四外走射一点;况且没有阳光,彩色不飞入空中,而完全贴染在地上。我老先看见这块,一看见它,其余的便不看也会知道的,正好像一看见香山,准知道碧云寺在哪儿藏着呢。

其余的两角,左边是一个斜长的土坡,满盖着灰紫的野花,在不漂亮中有些深厚的力量,或者月光能使那灰的部分多一些银色,显出点诗的灵空;但是我不记得在哪儿有个小月亮。无论怎样,我也不厌恶它。不,我爱这个似乎被霜弄暗了的紫色,像年轻的母亲穿着暗紫长袍。右边的一角是最漂亮的,一处小草房,门前有一架细蔓的月季,满开着单纯的花,全是浅粉的。

设若我的眼由左向右转,灰紫、红黄、浅粉,像是由秋看到初春,时候倒流;生命不但不是由盛而衰,反倒是以玫瑰作香色双艳的结束。

三角的中间是一片绿草,深绿、软厚、微湿;每一短叶都向上挺着,似乎是听着远处的雨声。没有一点风,没有一个飞动的小虫;一个鬼艳的小世界,活着的只有颜色。

在真实的经验中,我没见过这么个境界。可是它永远存在,在我的梦前。英格兰的深绿,苏格兰的紫草小山,德国黑林的幽晦,或者是它的祖先们,但是谁准知道呢。从赤道附近的浓艳中减去阳光,也有点像它,但是它又没有虹样的蛇与五彩的禽,算了吧,反正我认识它。

我看见它多少多少次了。它和"山高月小,水落石出",是我心中的一对画屏。可是我没到那个小房里去过。我不是被那些颜色吸引得不动一动,便是由它的草地上恍惚的走入另种色彩的梦境。它是我常遇到的朋友,彼此连姓名都晓得,只是没细细谈过心。我不晓得它的中心是什么颜色的,是含着一点什么神秘的音乐——真希望有点响动!

这次我决定了去探险。

一想就到了月季花下,或也许因为怕听我自己的足音?月季花对于我是有些端阳前后的暗示,我希望在哪儿贴着张深黄纸,印着个朱红的判官,在两束香艾的中间。没有。只在我心中听见了声"樱桃"的吆喝。这个地方是太静了。

小房子的门闭着,窗上门上都挡着牙白的帘儿,并没有花影,因为阳光不足。里边什么动静也没有,好像它是寂寞的发源地。轻轻地推开门,静寂与整洁双双地欢迎我进去,是欢迎我;室中的一切是"人"的,假如外面景物是"鬼"的——希望我没用上过于强烈的字。

一大间，用幔帐截成一大一小的两间。幔帐也是牙白的，上面绣着些小蝴蝶。外间只有一条长案，一个小椭圆桌儿，一把椅子，全是暗草色的，没有油饰过。椅上的小垫是浅绿的，桌上有几本书。案上有一盆小松，两方古铜镜，锈色比小松浅些。内间有一个小床，罩着一块快垂到地上的绿毯。床首悬着一个小篮，有些快干的茉莉花。地上铺着一块长方的蒲垫，垫的旁边放着一双绣白花的小绿拖鞋。

我的心跳起来了！我决不是入了复杂而光灿的诗境；平淡朴美是此处的音调，也不是幻景，因为我认识那只绣着白花的小绿拖鞋。

爱情的故事往往是平凡的，正如春雨秋霜那样平凡。可是平凡的人们偏爱在这些平凡的事中找些诗意；那么，想必是世界上多数的事物是更缺乏色彩的；可怜的人们！希望我的故事也有些应有的趣味吧。

没有像那一回那么美的了。我说"那一回"，因为在那一天那一会儿的一切都是美的。她家中的那株海棠花正开成一个大粉白的雪球；沿墙的细竹刚拔出新笋；天上一片娇晴；她的父母都没在家；大白猫在花下酣睡。听见我来了，她像燕儿似的从帘下飞出来；没顾得换鞋，脚下一双小绿拖鞋像两片嫩绿的叶儿。她喜欢得像清早的阳光，腮上的两片苹果比往常红着许多倍，似乎有两颗香红的心在脸上开了两个小井，溢着红润的胭脂泉。那时她还梳着长黑辫。

她父母在家的时候，她只能隔着窗儿望我一望，或是设法在我走去的时节，和我笑一笑。这一次，她就像一个小猫遇上了个好玩的伴儿；我一向不晓得她"能"这样的活泼。在一同往屋中走的工夫，她的肩挨上了我的。我们都才十七岁。我们都没说什么，可是四只眼彼此告诉我们是欣喜到万分。我最爱看她家壁上那张工笔百鸟朝凤；这次，我的眼匀不出工夫来。我看着那双小绿拖鞋；她往后收了收脚，连耳根儿都有点红了；可是仍然笑着。我想问她的功课，没问；想问新生的小猫有全白的没有，没问；心中的问题多了，只是口被一种什么力量给封起来，我知道她也是如此，因为看见她的白润的脖儿直微微地动，似乎要将些不相干的言语咽下去，而真值得一说的又不好意思说。

她在临窗的一个小红木凳上坐着，海棠花影在她半个脸上微动。有时候她微向窗外看看，大概是怕有人进来。及至看清了没人，她脸上的花影都被欢悦给浸渍得红艳了。她的两手交换着轻轻地摸小凳的沿，显着不耐烦，可是欢喜的不耐烦。最后，她深深地看了我一眼，极不愿意而又不得不说地说，"走吧！"我自己已忘了自己，只看见，不是听见，两个什么字由她的口中出来？可是在心的深处猜对那两个字的意思，因为我也有点那样的关切。我的心不愿动，我的脑知道非走不可。我的眼盯住了她的。她要低头，还没低下去，便又勇敢地抬起来，故意地，不怕地，羞而不肯羞地，迎着我的眼。直到不约而同地垂下头去，又不约而同地抬起来，又那么看。心似乎已碰着心。

我走，极慢的，她送我到帘外，眼上蒙了一层露水。我走到二门，回了回头，她已赶到海棠花下。我像一个羽毛似的飘荡出去。

以后，再没有这种机会。

有一次，她家中落了，并不使人十分悲伤的丧事。在灯光下我和她说了两句话。她穿着一身孝衣。手放在胸前，摆弄着孝衣的扣带。站得离我很近，几乎能彼此听得见脸上热力的激射，像雨后的禾谷那样带着声儿生长。可是，只说了两句极没有意思的话——口与舌的一些动作：我们的心并没管它们。

我们都二十二岁了，可是五四运动还没降生呢。男女的交际还不是普通的事。我毕业后便做了小学的校长，平生最大的光荣，因为她给了我一封贺信。信笺的末尾——印着一枝梅花——她注了一行：不要回信。我也就没敢写回信。可是我好像心中燃着一束火把，无所不尽其极地整顿学校。我拿办好了学校作为给她的回信；她也在我的梦中给我鼓着得胜的掌——那一对连腕也是玉的手！

提婚是不能想的事。许多许多无意识而有力量的阻碍，像个专以力气自雄的恶虎，站在我们中间。

有一件足以自慰的，我那系在心上的耳朵始终没听到她的定婚消息。还有件比这更好的事，我兼任了一个平民学校的校长，她担任着一点功课。我只希望能时时见到她，不求别的。她呢，她知道怎么躲避我——已经是个二十多岁的大姑娘。她失去了十七八岁时的天真与活泼，可是增加了女子的尊严与神秘。

又过了二年，我上了南洋。到她家辞行的那天，她恰巧没在家。

在外国的几年中，我无从打听她的消息。直接通信是不可能的。间接探问，又不好意思。只好在梦里相会了。说也奇怪，我在梦中的女性永远是"她"。梦境的不同使我有时悲泣，有时狂喜；恋的幻境里也自有一种味道。她，在我的心中，还是十七岁时的样子：小圆脸，眉眼清秀中带着一点媚意。身量不高，处处都那么柔软，走路非常的轻巧。那一条长黑的发辫，造成最动心的一个背影。我也记得她梳起头来的样儿，但是我总梦见那带辫的背影。

回国后，自然先探听她的一切。一切消息都像谣言，她已做了暗娼！

就是这种刺心的消息，也没减少我的热情；不，我反倒更想见她，更想帮助她。我到她家去。已不在那里住，我只由墙外看见那株海棠树的一部分。房子早已卖掉了。

到底我找到她了。她已剪了发，向后梳拢着，在项部有个大绿梳子。穿着一件粉红长袍，袖子仅到肘部，那双臂，已不是那么活软的了。脸上的粉很厚，脑门和眼角都有些褶子。可是她还笑得很好看，虽然一点活泼的气象也没有了。设若把粉和油都去掉，她大概最好也只像个产后的病妇。她始终没正眼看我一次，虽然脸上并没有羞愧的样子，她也说也笑，只是心没在话与笑中，好像完全应酬我。我试着探问她些问题与经济状况,她不大愿意回答。她点着一支香烟,烟很灵通地从鼻孔出来,她把左膝放在右膝上,仰着头看烟的升降变化,极无聊而又显着刚强。我的眼湿了,她不会看不见我的泪,可是她没有任何表示。她不住地看自己的手指甲,又轻轻地向后按头发,似乎她只是为它们活着呢。提到家中的人,她什么也没告诉我。我只好走吧。临出来的时候,我把住址告诉给她——深愿她求我,或是命令我,做点事。她似乎根本没往心里听,一笑,眼看看别处,没有往外送我的意思。她以为我是出去了,其实我是立在门口没动,这么着,她一回头,我们对了眼光。只是那么一擦似的她转过头去。

　　初恋是青春的第一朵花,不能随便掷弃。我托人给她送了点钱去。留下了,并没有回话。

　　朋友们看出我的悲苦来,眉头是最会出卖人的。她们善意的给我介绍女友,惨笑地摇首是我的回答。我得等着她。初恋像幼年的宝贝永远是最甜蜜的,不管那个宝贝是一个小布人,还是几块小石子。慢慢的,我开始和几个最知己的朋友谈论她,他们看在我的面上没说她什么,可是假装闹着玩似的暗刺我,他们看我太愚,也就是说她不配一恋。他们越这样,我越顽固。是她打开了我的爱的园门,我得和她走到山穷水尽。怜比爱少着些味道,可是更多着些人情。不久,我托友人向她说明,我愿意娶她。我自己没胆量去。友人回来,带回来她的几声狂笑。她没说别的,只狂笑了一阵。她是笑谁?笑我的愚,很好,多情的人不是每每有些傻气吗?这足以使人得意。笑她自己，那只是因为不好意思哭，过度的悲郁使人狂笑。

愚痴给我些力量，我决定自己去见她。要说的话都详细的编制好，演了许多次，我告诉自己——只许胜，不许败。她没在家。又去了两次，都没见着。第四次去，屋门里停着小小的一口薄棺材，装着她。她是因打胎而死。一篮最鲜的玫瑰，瓣上带着我心上的泪，放在她的灵前，结束了我的初恋，开始终生的虚空。为什么她落到这般光景？我不愿再打听。反正她在我心中永远不死。

我正呆看着那小绿拖鞋，我觉得背后的幔帐动了一动。一回头，帐子上绣的小蝴蝶在她的头上飞动呢。她还是十七八岁时的模样，还是那么轻巧，像仙女飞降下来还没十分立稳那样立着。我往后退了一步，似乎是怕一往前凑就能把她吓跑。这一退的工夫，她变了，变成二十多岁的样子。她也往后退了，随退随着脸上加着皱纹。她狂笑起来。我坐在那个小床上。刚坐下，我又起来了，扑过她去，极快；她在这极短的时间内，又变回十七岁时的样子。在一秒钟里我看见她半生的变化，她像是不受时间的拘束。我坐在椅子上，她坐在我的怀中。我自己也恢复了十五六年前脸上的红色，我觉得出。我们就这样坐着，听着彼此心血的潮荡。不知有多么久。最后，我找到声音，唇贴着她的耳边，问："你独自住在这里？"

"我不住在这里；我住在这儿。"她指着我的心说。

"始终你没忘了我，那么？"我握紧了她的手，"被别人吻的时候，我心中看着你！"

"可是你许别人吻你？"我并没有一点妒意。

"爱在心里，唇不会闲着；谁教你不来吻我呢？"

"我不是怕得罪你的父母吗？不是我上了南洋吗？"她点了点头，"惧怕使你失去一切，隔离使爱的心慌了。"

她告诉了我，她死前的光景。在我出国的那一年，她的母亲死去。她比较得自由了一些。出墙的花枝自会招来蜂蝶，有人便追求她。她还想念着我，可是肉体往往比爱少些忍耐力，爱的花不都是梅花。她接受了一个青年的爱，因为他长得像我。他非常地爱她，可是她还忘不了我，肉体的获得不就是爱的满足，相似的容貌不能代替爱的真形。他疑心了，她承认了她的心是在南洋。他们俩断绝了关系。这时候，她父亲的财产全丢了。她非嫁人不可。她把自己卖给一个阔家公子，为是供给她的父亲。

"你不会去教学挣钱？"我问。

"我只能教小学，那点薪水还不够父亲买烟吃的！"

我们俩都愣起来。我是想：假使我那时候回来，以我的经济能力说，能供给得起她的父亲吗？我还不是大睁白眼地看着她卖身？

"我把爱藏在心中，"她说，"拿肉体挣来的茶饭营养着它。我深恐肉体死了，爱便不存在，其实我是错了；先不用说这个吧。他非常的妒忌，永远跟着我，无论我是干什么。上哪儿去，他老随着我。他找不出我的破绽来，可是觉得出我是不爱他。慢慢的，他由讨厌变为公开地辱骂我，甚至于打我，他逼得我没法不承认我的心是另有所寄。忍无可忍也就顾不及饭碗问题了。他把我赶出来，连一件长衫也没给我留。我呢，父亲照样和我要钱，我自己得吃得穿，而且我一向吃好的穿好的惯了。为满足肉体，还得利用肉体，身体是现成的本钱。凡给我钱的便买去我点筋肉的笑。我很会笑：我照着镜子练习那迷人的笑。环境的不同使人作退一步想，这样零卖，倒是比终日叫那一个阔公子管着强一些。在街上，有多少人指着我的后影叹气，可是我到底是自由的，有时候我与些打扮得不漂亮的女子遇上，我也有些得意。我一共打过四次胎，但是创痛过去便又笑了。

"最初，我颇有一些名气，因为我既是做过富宅的玩物，又能识几个字，新派旧派的人都愿来照顾我。我没工夫去思想，甚至于不想积蓄一点钱，我完全为我的服装香粉活着。今天的漂亮是今天的生活，明天自有明天管照着自己，身体的疲倦，只管眼前的刺激，不顾将来。不久，这种生活也不能维持了。父亲的烟是无底的深坑。打胎需要化许多费用。以前不想剩钱；钱自然不会自己剩下。我连一点无聊的傲气也不敢存了。我得极下贱地去找钱了，有时是明抢。有人指着我的后影叹气，我也回头向他笑一笑了。打一次胎增加两三岁。镜子是不欺人的，我已老丑了。疯狂足以补足衰老。我尽着肉体的所能伺候人们，不然，我没有生意。我敞着门睡着，我是大家的，不是我自己的。一天二十四小时，什么时间也可以买我的身体。我消失在欲海里。在清醒的世界中我并不存在。我的手指算计着钱数。我不思想，只是盘算——怎能多进五毛钱。我不哭，哭不好看。只为钱着急，不管我自己。"

她休息了一会儿，我的泪已滴湿她的衣襟。

"你回来了！"她继续着说："你也三十多了；我记得你是十七岁的小学生。你的眼已不是那年——多少年了？——看我那双绿拖鞋的眼。可是，你，多少还是你自己，我，早已死了。你可以继续做那初恋的梦，我已无梦可做。我始终一点也不怀疑，我知道你要是回来，必定要我。及至见着你，我自己已找不到我自己，拿什么给你呢？你没回来的时候，我永远不拒绝，不论是对谁说，我是爱你；你回来了，我只好狂笑。单等我落到这样，你才回来，这不是有意戏弄人？假如你永远不回来，我老有个南洋做我的梦景，你老有个我在你的心中，岂不很美？你偏偏回来了，而且回来这样迟——"

"可是来迟了并不就是来不及了，"我插了一句，"晚了就是来不及了。我杀了自己。"

"什么？"

"我杀了我自己。我命定的只能住在你心中，生存在一首诗里，生死有什么区别？在打胎的时候我自己下了手。有你在我左右，我没法子再笑。不笑，我怎么挣钱？只有一条路，名字叫死。你回来迟了，我别再死迟了：我再晚死一会儿，我便连住在你心中的希望也没有了。我住在这里，这里便是你的心。这里没有阳光，没有声响，只有一些颜色。颜色是更持久的，颜色画成咱们的记忆。看那双小鞋，绿的，是点颜色，你我永远认识它们。"

"但是我也记得那双脚。许我看看吗？"

她笑了，摇摇头。

我很坚决，我握住她的脚，扯下她的袜，露出没有肉的一支白脚骨。

"去吧！"她推了我一把。"从此你我无缘再见了！我愿住在你的心中，现在不行了；我愿在你心中永远是青春。"太阳已往西斜去；风大了些，也凉了些，东方有些黑云。春光在一个梦中惨淡了许多。我立起来，又看见那片暗绿的松树。立了不知有多久。远处来了些蠕动的小人，随着一些听不甚真的音乐。越来越近了，田中惊起许多白翅的鸟，哀鸣着向山这边飞。我看清了，一群人们匆匆地走，带起一些灰土。三五鼓手在前，几个白衣人在后，最后是一口棺材。春天也要埋人的。撒起一把纸钱，蝴蝶似的落在麦田上。东方的黑云更厚了，柳条的绿色加深了许多，绿得有些凄惨。心中茫然，只想起那双小绿拖鞋，像两片树叶在永生的树上做着春梦。

开市大吉

我，老王和老邱，凑了点钱，开了个小医院。老王的夫人做护士主任，她本是由看护而高升为医生太太的。老邱的岳父是庶务兼会计。我和老王是这么打算好，假如老丈人报花账或是携款潜逃的话，我们俩就揍老邱；合着老邱是老丈人的保证金。我和老王是一党，老邱是我们后约的，我们俩总得防备他一下。办什么事，不拘多少人，总得分个党派，留个心眼。不然，看着便不大像回事儿。加上王太太，我们是三个打一个，假如必须打老邱的话。老丈人自然是帮助老邱喽，可是他年岁大了，有王太太一个人就可把他的胡子扯净了。老邱的本事可真是不错，不说屈心的话。他是专门割痔疮，手术非常的漂亮，所以请他合作。不过他要是找揍的话，我们也不便太厚道了。

我治内科，老王花柳，老邱专门痔漏兼外科，王太太是看护士主任兼产科，合着我们一共有四科。我们内科，老老实实的讲，是地道二五八。一分钱一分货，我们的内科收费可少呢。要敲是敲花柳与痔疮，老王和老邱是我们的希望。我和王太太不过是配搭，她就根本不是大夫，对于生产的经验她有一些，因为她自己生过两个小孩。至于接生的手术，反正我有太太决不叫她接生。可是我们得设产科，产科是最有利的。只要顺顺当当的产下来，至少也得住十天半月的；稀粥烂饭的对付着，住一天拿一天的钱。要是不顺顺当当的生产呢，那看事做事，临时再想主意。活人还能叫尿憋死？我们开了张。"大众医院"四个字在大小报纸已登了一个半月。名字起的好——办什么赚钱的事儿，在这个年月，就是别忘了"大众"。不赚大众的钱，赚谁的？这不是真情实理吗？自然在广告上我们没这么说，因为大众不爱听实话的；我们说的是："为大众而牺牲，为同胞谋幸福。一切科学化，一切平民化，沟通中西医术，打破阶级思想。"真花了不少广告费，本钱是得下一些的。把大众招来以后，再慢慢收拾他们。专就广告上看，谁也不知道我们的医院有多么大。院图是三层大楼，那是借用近邻转运公司的相片，我们一共只有六间平房。

我们开张了。门诊施诊一个星期，人来的不少，还真是"大众"，我挑着那稍像点样子的都给了点各色的苏打水，不管害的是什么病。这样，延迟过一星期好正式收费呀；那真正老号的大众就干脆连苏打水也不给，我告诉他们回家洗洗脸再来，一脸的滋泥，吃药也是白搭。

忙了一天，晚上我们开了紧急会议，专替大众不行啊，得设法找"二众"。我们都后悔了，不该叫"大众医院"。有大众而没贵族，由哪儿发财去？医院不是煤油公司啊，早知道还不如干脆叫"贵族医院"呢。老邱把刀子沾了多少回消毒水，一个割痔疮的也没来！长痔疮的阔老谁能上"大众医院"

来割?

老王出了主意:明天包一辆能驶的汽车,我们轮流的跑几趟,把二姥姥接来也好,把三舅母装来也行。一到门口看护赶紧往里搀,接上这么三四十趟,四邻的人们当然得佩服我们。

我们都很佩服老王。

"再赁几辆不能驶的。"老王接着说。

"干吗?"我问。

"和汽车行商量借给咱们几辆正在修理的车,在医院门口放一天。一会儿叫咕嘟一阵。上咱们这儿看病的人老听外面咕嘟咕嘟的响,不知道咱们又来了多少坐汽车的。外面的人呢,老看着咱们的门口有一队汽车,还不唬住?"我们照计而行,第二天把亲戚们接了来,给他们碗茶喝,又给送走。两个女看护是见一个搀一个,出来进去,一天没住脚。那几辆不能活动而能咕嘟的车由一天亮就运来了,五分钟一阵,轮流的咕嘟,刚一出太阳就围上一群小孩。我们给汽车队照了个相,托人给登晚报。老邱的丈人作了篇八股,形容汽车往来的盛况。当天晚上我们都没能吃饭,车咕嘟得太厉害了,大家都有点头晕。

不能不佩服老王,第三天刚一开门,汽车,进来位军官。老王急于出去迎接,忘了屋门是那么矮,头上碰了个大包。花柳;老王顾不得头上的包了,脸笑得一朵玫瑰似的,似乎再碰它七八个包也没大关系。三言五语,卖了一针六〇六。我们的两位女看护给军官解开制服,然后四只白手扶着他的胳臂,王太太过来先用小胖食指在针穴轻轻点了两下,然后老王才给用针。军官不知道东西南北了,看着看护一个劲儿说:"得劲!得劲!得劲!"我在旁边说了话,再给他一针。老邱也是福至心灵,早预备好了——香片茶加了点盐。老王叫看护扶着军官的胳臂,王太太又过来用小胖食指点了点,一针香片下去了。军官还说得劲,老王这回是自动的又给了他一针龙井。我们的医院里吃茶是讲究的,老是香片龙井两着沏。两针茶,一针六〇六,我们收了他二十五块钱。本来应当是十元一针,因为三针,减收五元。我们告诉他还得接着来,有十次管保除根。反正我们有的是茶,我心里说。把钱交了,军官还舍不得走,老王和我开始跟他瞎扯,我就夸奖他的不瞒着病——有花柳,赶快治,到我们这里来治,准保没危险。花柳是伟人病,正大光明,有病就治,几针六〇六,完了,什么事也没有。就怕像铺子里的小伙计,或是中学的学生,得了病藏藏掩掩,偷偷的去找老虎大夫,或是袖口来袖口去买私药——广告专贴在公共厕所里,非糟不可。军官非常赞同我的话,告诉我他已上过二十多次医院。不过哪一回也没有这一回舒服。我没往下接碴儿。

老王接过去,花柳根本就不算病,自要勤扎点六〇六。军官非常赞同老王的话,并且有事实为证——他老是不等完全好了便又接着去逛;反正再扎几针就是了。老王非常赞同军官的话,并且愿拉个主顾,军官要是长期扎扎的话,他愿减收一半药费:五块钱一针。包月也行,一月一百块钱,不论扎多少针。军官非常赞同这个主意,可是每次得照着今天的样子办,我们都没言语,可是笑着点了点头。

军官汽车刚开走,迎头来了一辆,四个丫鬟搀下一位太太来。一下车,五张嘴一齐问:有特别房没有?我推开一个丫鬟,轻轻的托住太太的手腕,搀到小院中。我指着转运公司的楼房说,"那边的特别室都住满了。您还算得凑巧,这里——我指着我们的几间小房说——还有两间头等房,您暂时将就一下吧。其实这两间比楼上还舒服,省得楼上楼下的跑,是不是,老太太?"

老太太的第一句话就叫我心中开了一朵花,"唉,这还像个大夫——病人不为舒服,上医院来干吗?东生医院那群大夫,简直的不是人!"

"老太太,您上过东生医院?"我非常惊异的问。"刚由那里来,那群王八羔子!"

乘着她骂东生医院——凭良心说,这是我们这里最大最好的医院——我把她搀到小屋里,我知道,我要是不引着她骂东生医院,她决不会住这间小屋,"您在那儿住了几天?"我问。

"两天;两天就差点要了我的命!"老太太坐在小床上。我直用腿顶着床沿,我们的病床都好,就是上了点年纪,爱倒。"怎么上那儿去了呢?"我的嘴不敢闲着,不然,老太太一定会注意到我的腿的。

"别提了!一提就气我个倒仰——。你看,大夫,我害的是胃病,他们不给我东西吃!"老太太的泪直要落下来。"不给您东西吃?"我的眼都瞪圆了。"有胃病不给东西吃?

蒙古大夫！就凭您这个年纪？老太太您有八十了吧？"老太太的泪立刻收回去许多，微微的笑着："还小呢。刚五十八岁。"

"和我的母亲同岁，她也是有时候害胃口疼！"我抹了抹眼睛。"老太太，您就在这儿住吧，我准把那点病治好了。这个病全仗着好保养，想吃什么就吃：吃下去，心里一舒服，病就减去几分，是不是，老太太？"

老太太的泪又回来了，这回是因为感激我。"大夫，你看，我专爱吃点硬的，他们偏叫我喝粥，这不是故意气我吗？"

"您的牙口好，正应当吃口硬的呀！"我郑重的说。

"我是一会儿一饿，他们非到时候不准我吃！""糊涂东西们！"

"半夜里我刚睡好，他们把小玻璃棍放在我嘴里，试什么度。"

"不知好歹！"

"我要便盆，那些看护说，等一等，大夫就来，等大夫查过病去再说！"

"该死的玩意儿！"

"我刚挣扎着坐起来，看护说，躺下。"

"讨厌的东西！"

我和老太太越说越投缘，就是我们的屋子再小一点，大概她也不走了。爽性我也不再用腿顶着床了，即使床倒了，她也能原谅。

"你们这里也有看护呀?"老太太问。

"有,可是没关系,"我笑着说。"您不是带来自个丫鬟吗?叫她们也都住院就结了。您自己的人当然伺候的周到;我干脆不叫看护们过来,好不好?"

"那敢情好啦,有地方呀?"老太太好像有点过意不去了。"有地方,您干脆包了这个小院吧。四个丫鬟之外,不妨再叫个厨子来,您爱吃什么吃什么。我只算您一个人的钱,丫鬟厨子都白住,就算您五十块钱一天。"

老太太叹了口气:"钱多少的没有关系,就这么办吧。春香,你回家去把厨子叫来,告诉他就手儿带两只鸭子来。"我后悔了:怎么才要五十块钱呢?真想抽自己一顿嘴巴!幸而我没说药费在内;好吧,在药费上找齐儿就是了;反正看这个来派,这位老太太至少有一个儿子当过师长。况且,她要是天天吃火烧夹烤鸭,大概不会三五天就出院,事情也得往长里看。

医院很有个样子了:四个丫鬟穿梭似的跑出跑入,厨师傅在院中墙根砌起一座炉灶,好像是要办喜事似的。我们也不客气,老太太的果子随便拿起就尝,全鸭子也吃它几块。始终就没人想起给她看病,因为注意力全用在看她买来什么好吃食。

老王和我总算开了张,老邱可有点挂不住了。他手里老拿着刀子。我都直躲他,恐怕他拿我试试手。老王直劝他不要着急,可是他太好胜,非也给医院弄个几十块不甘心。我佩服他这种精神。

吃过午饭，来了！割痔疮的！四十多岁，胖胖的，肚子很大。王太太以为他是来生小孩，后来看清他是男性，才把他让给老邱。老邱的眼睛都红了。三言五语，老邱的刀子便下去了。四十多岁的小胖子疼得直叫唤，央告老邱用点麻药。老邱可有了话：

"咱们没讲下用麻药哇！用也行，外加十块钱。用不用？快着！"

小胖子连头也没敢摇。老邱给他上了麻药。又是一刀，又停住了："我说，你这可有管子，刚才咱们可没讲下割管子。还往下割不割？往下割的话，外加三十块钱。不的话，这就算完了。"

我在一旁，暗伸大指，真有老邱的！拿住了往下敲，是个办法！

四十多岁的小胖子没有驳回，我算计着他也不能驳回。老邱的手术漂亮，话也说得脆，一边割管子一边宣传："我告诉你，这点事儿值得你二百块钱；不过，我们不敲人；治好了只求你给传传名。赶明天你有工夫的时候，不妨来看看。我这些家伙用四万五千倍的显微镜照，照不出半点微生物！"胖子一声也没出，也许是气糊涂了。

老邱又弄了五十块。当天晚上我们打了点酒，托老太太的厨子给做了几样菜。菜的材料多一半是利用老太太的。一边吃一边讨论我们的事业，我们决定添设打胎和戒烟。老王主张暗中宣传检查身体，凡是要考学校或保寿险的，哪怕已经做下寿衣，预备下棺材，我们也把体格表填写得好好的；只要交五元的检查费就行。这一案也没费事就通过了。老邱的老丈人最后建议，我们匀出几块钱，自己挂块匾。老人出老办法。可是总算有心爱护我们的医院，我们也就没反对。老丈人已把匾文拟好——仁心仁术。陈腐一点，不过也还恰当。我们议决，第二天早晨由老丈人上早市去找块旧匾。王太太说，把匾油饰好，等门口有过娶妇的，借着人家的乐队吹打的时候，我们就挂匾。到底妇女的心细，老王特别显着骄傲。

歪毛儿

小的时候，我们俩——我和白仁禄——下了学总到小茶馆去听评书。我俩每天的点心钱不完全花在点心上，留下一部分给书钱。虽然茶馆掌柜孙二大爷并不一定要我们的钱，可是我俩不肯白听。其实，我俩真不够听书的派儿：我那时脑后梳着个小坠根，结着红绳儿；仁禄梳俩大歪毛。孙二大爷用小笸萝打钱的时候，一到我俩面前便低声的说："歪毛子！"把钱接过去，他马上笑着给我们抓一大把煮毛豆角，或是花生米来："吃吧，歪毛子！"他不大爱叫我小坠根，我未免有点不高兴。可是说真的，仁禄是比我体面得多。他的脸正像年画上的白娃娃的，虽然没有那么胖。单眼皮，小圆鼻子，清秀好看。一跑，俩歪毛左右开弓的敲着脸蛋，像个拨浪鼓儿。青嫩头皮，剃头之后，谁也想轻敲他三下——剃头打三光。就是稍打重了些，他也不急。

他不淘气，可是也有背不上书来的时候。歪毛仁禄背不过书来本可以不挨打，师娘不准老师打他，他是师娘的歪毛宝贝：上街给她买一缕白棉花线，或是打俩小钱的醋，都是仁禄的事儿。可是他自己找打。每逢背不上书来，他比老师的脾气还大。他把小脸憋红，鼻子皱起一块儿，对先生说："不背！不背！"不等老师发作，他又添上："就是不背，看你怎样！"老师磨不开脸了，只好拿板子吧。仁禄不擦磨手心，也不迟宕，单眼皮眨巴的特别快，摇着俩歪毛，过去领受平板。打完，眼泪在眼眶里转，转好大半天，像水花打旋而渗不下去的样儿。始终他不许泪落下来。过了一会儿，他的脾气消散了，手心搓着膝盖，低着头念书，没有声音，小嘴像热天的鱼，动得很快很紧。

奇怪，这么清秀的小孩，脾气这么硬。

到了入中学的年纪，他更好看了。还不甚胖，眉眼可是开展了。我们脸上都起了小红脓泡，他还是那么白净。后一无人中学，上一班的学生便有一个挤了他一膀子，然后说："对不起，姑娘！"仁禄一声没出，只把这位学友的脸打成酸面包子。他不是打架呢，是拼命，连劝架的都受了点窜误伤。第二天，他没来上课。他又考入别的学校。

一直有十几年的工夫，我们俩没见面。听说，他在大学毕了业，到外边去做事。

去年旧历年前的末一次集，天很冷。千佛山上盖着些厚而阴寒的黑云。尖溜溜的小风，鬼似的揪人鼻子与耳唇。我没事，住的又离山水沟不远，想到集上看看。集上往往也有几本好书什么的。

我以为天寒人必少，其实集上并不冷静；无论怎冷，年总是要过的。我转了一圈，没看见什么对我的路子的东西——大堆的海带菜，财神的纸像，冻得铁硬的猪肉片子，都与我没有多少缘分。本想不再绕，可是极南边有个地摊，摆着几本书，引起我的注意，这个摊子离别的买卖有两三丈远，而且地点是游人不大来到的。设若不是我已走到南边，设若不是我注意书籍，我决不想过去。我走过去，翻了翻那几本书——都是旧英文教科书，我心里说，大年底下的谁买旧读本？看书的时候，我看见卖书人的脚，一双极旧的棉鞋，可是缎子的；袜子还是夏季的单线袜。别人都跺跺着脚，天是真冷；这双脚好像冻在地上，不动。把书合上我便走开了。

大概谁也有那个时候：一件极不相干的事，比如看见一群蚁擒住一个绿虫，或是一个癞狗被打，能使我们不痛快半天，那个挣扎的虫或是那条癞狗好似贴在我们心上，像块病似的。这双破缎子鞋就是这样贴在我的心上。走了几步，我不由的回了头。卖书的正弯身摆那几本书呢。其实我并没给弄乱：只那么几本，也无从乱起。我看出来，他不是久干这个的。逢集必赶的卖零碎的不这样细心。他穿着件旧灰色棉袍，很单薄，头上戴着顶没人要的老式帽头。由他的身上，我看到南圩子墙，千佛山，山上的黑云，结成一片清冷。我好似被他吸引住了。决定回去，虽然觉得不好意思的。我知道，走到他跟前，我未必敢端详他。他身上有那么一股高傲劲儿，像破庙似的，虽然破烂而仍令人心中起敬。我说不上来那几步是怎样走回去的，无论怎说吧，我又立在他面前。

我认得那两只眼，单眼皮儿。其余的地方我一时不敢相认，最清楚的记忆也不敢反抗时间，我俩已十几年没见了。他看了我一眼，赶快把眼转向千佛山去：一定是他了，我又认出这个神气来。

"是不是仁禄哥？"我大着胆问。

他又扫了我一眼，又去看山，可是极快的又转回来。他的瘦脸上没有任何表示，只是腮上微微的动了动，傲气使他不愿与我过话，可是"仁禄哥"三个字打动了他的心。他没说一个字，拉住我的手。手冰硬。脸朝着山，他无声的笑了笑。

"走吧，我住的离这儿不远。"我一手拉着他，一手拾起那几本书。

他叫了我一声。然后待了一会儿，"我不去！"

我抬起头来，他的泪在眼内转呢。我松开他的手，把几本书夹起来，假装笑着，"你走也得走，不走也得走！""待一会儿我找你去好了，"他还是不动。

"你不用！"我还是故意打哈哈似的说："待一会儿？管保再也找不到你了？"

他似乎要急，又不好意思；多么高傲的人也不能不原谅梳着小辫时候的同学。一走路，我才看出他的肩往前探了许多。他跟我来了。

没有五分钟便到了家。一路上，我直怕他和我转了影壁。他坐在屋中了，我才放心，仿佛一件宝贝确实落在手中。可是我没法说话了。问他什么呢？怎么问呢？他的神气显然的是很不安，我不肯把他吓跑了。

想起来了，还有瓶白葡萄酒呢。找到了酒，又发现了几个金丝枣。好吧,就拿这些待客吧。反正比这么僵坐着强。他拿起酒杯,手有点颤。喝下半杯去,他的眼中湿了一点,湿得像小孩冬天下学来喝着热粥时那样。

"几时来到这里的?"我试着步说。

"我?有几天了吧?"他看着杯沿上一小片木塞的碎屑,好像是和这片小东西商议呢。

"不知道我在这里?"

"不知道。"他看了我一眼,似乎表示有许多话不便说,也不希望我再问。

我问定了。讨厌,但我俩是幼年的同学。"在哪儿住呢?"他笑了,"还在哪儿住?凭我这个样?"还笑着,笑得极无聊。

"那好了,这儿就是你的家,不用走了。咱们一块儿听鼓书去。趵突泉有三四处唱大鼓的呢:《老残游记》,嗳?"我想把他哄喜欢了。"记得小时候一同去听《施公案》?"我的话没得到预期的效果,他没言语。但是我不失望。劝他酒,酒会打开人的口。还好,他对酒倒不甚拒绝,他的俩脸渐渐有了红色。我的主意又来了:"说,吃什么?面条?饺子?饼?说,我好去预备。""不吃,还得卖那几本书去呢!"

"不吃?你走不了!"

待了老大半天,他点了点头,"你还是这么活泼!""我?我也不是咱们梳着小辫时的样子了!光阴多么快,不知不觉的三十多了,想不到的事!"

"三十多也就该死了。一个狗才活十来年。"

"我还不那么悲观,"我知道已把他引上了路。"人生还就不是个好玩艺!"他叹了口气。

随着这个往下说,一定越说越远:我要知道的是他的遭遇。我改变了战略,开始告诉他我这些年的经过,好歹的把人生与悲观扯在里面,好不显着生硬。费了许多周折,我才用上了这个公式——"我说完了,该听你的了。"其实他早已明白我的意思,始终他就没留心听我的话。要不然,我在引用公式以前还得多绕几个弯儿呢。他的眼神把我的话删短了好多。我说完,他好似没法子了,问了句:"你叫我说什么吧?"

这真使我有点难堪。律师不是常常逼得犯人这样问么?可是我扯长了脸,反正我俩是有交情的。爽性直说了吧,这或者倒合他的脾气:

"你怎么落到这样?"

他半天没回答出。不是难以出口,他是思索呢。生命是没有什么条理的,老朋友见面不是常常相对无言么?"从哪里说起呢?"他好像是和生命中那些小岔路商议呢。"你记得咱们小的时候,我也不短挨打?"

"记得,都是你那点怪脾气。"

"还不都在乎脾气,"他微微摇着头,"那时候咱俩还都是小孩子,所以我没对你说过;说真的那时节我自己也还没觉出来是怎回事。后来我才明白了,是我这两只眼睛作怪。""不是一双好好的眼睛吗?"我说。

"平日是好好的一对眼；不过，有时候犯病。"

"怎样犯病？"我开始怀疑莫非他有点精神病。

"并不是害眼什么的那种肉体上的病，是种没法治的毛病。有时候忽然来了，我能看见些——我叫不出名儿来。""幻象？"我想帮他的忙。

"不是幻象，我并没看见什么绿脸红舌头的。是些形象。也还不是形象；是一股神气。举个例说，你就明白了，你记得咱们小时候那位老师？很好的一个人，是不是？可是我一犯病，他就非常的可恶，我所以跟他横着来了。过了一会儿，我的病犯过去，他还是他，我白挨一顿打。只是一股神气，可恶的神气。"

我没等他说完就问："你有时候你也看见我有那股神气吧？"

他微笑了一下："大概是，我记不甚清了。反正咱俩吵过架，总有一回是因为我看你可恶。万幸，我们一入中学就不在一处了。不然……你知道，我的病越来越深。小的时候，我还没觉出这个来，看见那股神气只闹一阵气就完了；后来，我管不住自己了，一旦看出谁可恶来，就是不打架，也不能再和他交往，连一句话也不肯过。现在，在我的记忆中只有幼年的一切是甜蜜的，因为那时病还不深。过了二十，凡是可恶的都记在心里！我的记忆是一堆丑恶相片！"他愣起来了。"人人都可恶？"我问。

"在我犯病的时节，没有例外。父母兄弟全可恶。要是敷衍，得敷衍一切，生命那才难堪。要打算不敷衍，得见一个打一个，办不到。慢慢的，我成了个无家无小没有一个朋友的人。干吗再交朋友呢？怎能交朋友呢？明知有朝一日便看出他可恶！"

我插了一句："你所谓的可恶或者应当改为软弱，人人有个弱点，不见得就可恶。"

"不是弱点。弱点足以使人生厌，可也能使人怜悯。譬如对一个爱喝醉了的人，我看见的不是这个。其实不用我这对眼也能看出点来，你不信这么试试，你也能看出一些，不过不如我的眼那么强就是了。你不用看人脸的全部，而单看他的眼，鼻子，或是嘴，你就看出点可恶来。特别是眼与嘴，有时一个人正和你讲道德说仁义，你能看见他的眼中有张活的春画正在动。那嘴，露着牙喷粪的时节单要笑一笑！越是上等人越可恶。没受过教育的好些，也可恶，可是可恶得明显一些；上等人会遮掩。假如我没有这么一对眼，生命岂不是个大骗局？还举个例说吧，有一回我去看戏，旁边来了个三十多岁的人，很体面，穿得也讲究。我的眼一斜，看出来，他可恶。我的心中冒了火。不干我的事，诚然；可是，为什么可恶的人单要一张体面的脸呢？这是人生的羞耻与错处。正在这么个当儿，查票了。这位先生没有票，瞪圆了眼向查票员说：'我姓王，没买过票，就是日本人查票，我姓王的还是不买！'我没法管束自己了。我并不是要惩罚他，是要把他的原形真面目打出来。我给了他一个顶有力的嘴巴。你猜他怎样？他嘴里嚷着，走了。

要不怎说他可恶呢。这不是弱点，是故意的找打——只可惜没人常打他。他的原形是追着叫花子乱咬的母狗。幸而我那时节犯了病，不然，他在我眼中也是个体面的雄狗了。"

"那么你很愿意犯病！"我故意的问。

他似乎没听见，我又重了一句，他又微笑了笑。"我不能说我以这个为一种享受；不过，不犯病的时候更难堪——明知人们可恶而看不出，明知是梦而醒不了。病来了，无论怎样吧，我不至于无聊。你看，说打就打，多少有点意思。最有趣的是打完了人，人们还不敢当面说我什么，只在背后低声的说，这是个疯子。我没遇上一个可恶而硬正的人；都是些虚伪的软蛋。有一回我指着个军人的脸说他可恶，他急了，把枪掏出来，我很喜欢。我问他：你干什么？哼，他把枪收回去了，走出老远才敢回头看我一眼；可恶而没骨头的东西！"他又愣了一会儿。"当初，我是怕犯病。一犯病就吵架，事情怎会做得长远？久而久之，我怕不犯病了。不犯病就得找事去做，闲着是难堪的事。可是有事便有人，有人就可恶。一来二去，我立在了十字路口：长期的抵抗呢？还是敷衍一下？不能决定。病犯了不由的便惹是非，可是也有一月两月不犯的时候。我能专等着犯病，什么也不干？不能！刚要干点什么，病又来了。生命仿佛是拉锯玩呢。有一回，半年多没犯病。好了，我心里说，再找回人生的旧辙吧；既然不愿放火，烟还是由烟筒出去好。我回了家，老老实实去做孝子贤孙。脸也常刮一刮，表示出诚意的敷衍。既然看不见人中的狗脸，我假装看见狗中的人脸，对小猫小狗都很和气，闲着也给小猫梳梳毛，带着狗去溜个圈。我与世界复和了。人家世界本是热热闹闹的混，咱干吗非硬拐硬碰不可呢。这时候，我的文章做多了。第一，我想组织家庭，把油盐柴米的责任加在身上也许会治好了病。况且，我对妇人的印像比较的好。在我的病眼中经过的多数是男人。虽然这也许是机会不平的关系，可是我硬认定女子比男子好一些。作文章吗？人们大概都很会替生命作文章。我想，自要找到个理想的女子，大概能马马虎虎的混几十年。文章还不尽于此，原先我不是以眼的经验断定人人可恶吗，现在改了。我这么想了：人人可恶是个推论，我并没亲眼看见人人可恶呀。也许人人可恶，而我不永远是犯着病，所以看不出。可也许世上确有好人，完全人，就是立在我的病眼前面，我也看不出他可恶来。我并不晓得哪时犯病；看见面前的人变了样，我才晓得我是犯了病？焉知没有我已犯病而看不出人家可恶的时候呢？假如那是个根本不可恶的人。这么一做文章，我的希望更大了。我决定不再硬了，结婚，组织家庭，生胖小子；人家都快活的过日子，我干吗放着熟葡萄不吃，单捡酸的吃呢？文章做得不错。"

他休息了一会儿，我没敢催促他。给他满上了酒。"还记得我的表妹？"他突然的问："咱们小时候和她一块儿玩耍过。"

"小名叫招弟儿？"我想起来，那时候她耳上戴着俩小绿玉艾叶儿。

"就是。她比我小两岁,还没出嫁;等着我呢,好像是。想做文章就有材料,你看她等着我呢。我对她说了一切,她愿意跟我。我俩定了婚。"他又半天没言语,连喝了两三口酒。"有一天,我去找她,在路上我又犯了病。一个七八岁小女孩,拿着个粗碗,正在路中走。来了辆汽车。听见喇叭响,她本想往前跑,可是跑了一步,她又退回来了。车到了跟前,她蹲下了。车幸而猛的收住。在这个工夫,我看见车夫的脸,非常的可恶。在事实上他停住了车;心里很愿意把那个小女孩轧死,轧,来回的轧,轧碎了。做文章才无聊呢。我不能再找表妹去了。我的世界是个丑恶的,我不能把她也拉进来。我又跑了出来;给她一封极简短的信——不必再等我了。有过希望以后,我硬不起来了。我忽然的觉到,焉知我自己不可恶呢,不更可恶呢?这一疑虑,把硬气都跑了。以前,我见着可恶的便打,至少是瞪他那么一眼,使他哆嗦半天。我虽不因此得意,可是非常的自信——信我比别人强。及至一想结婚,与世界共同敷衍,坏了;我原来不比别人强,不过只多着双病眼罢了。我再没有勇气去打人了,只能消极的看谁可恶就躲开他。很希望别人指着脸子说我可恶,可是没人肯那么办。"他又愣了一会儿。"生命的真文章比人做的更周到?你看,我是刚从狱里出来。是这么回事,我和土匪们一块混来着。我既是也可恶,跟谁在一块不可以呢。我们的首领总算可恶得到家,接了赎款还把票儿撕了。绑来票砌在炕洞里。我没打他,我把他卖了,前几天他被枪毙了。在公堂上,我把他的罪恶都抖出来。他呢,一句也没扳我,反倒替我解脱。所以我只住了几天狱,没定罪。顶可恶的人原来也有点好心:撕票儿的恶魔不卖朋友!我以前没想到过这个。耶稣为仇人,为土匪祷告:他是个人物。他的眼或者就和我这对一样,可是他能始终是硬的,因为他始终是软的。普通人只能软,不能硬,所以世界没有骨气。我只能硬,不能软,现在没法安置我自己。人生真不是个好玩意儿。"

他把酒喝净,立起来。

"饭就好。"我也立起来。

"不吃!"他很坚决。

"你走不了,仁禄!"我有点急了,"这儿就是你的家!"

"我改天再来,一定来!"他过去拿那几本书。"一定得走?连饭也不吃?"我紧跟着问。

"一定得走!我的世界没有友谊。我既不认识自己,又好管教别人。我不能享受有秩序的一个家庭,像你这个样。只有瞎走乱撞还舒服一些。"

我知道,无须再留他了。愣了一会儿,我掏出点钱来。

"我不要!"他笑了笑:"饿不死。饿死也不坏。""送你件衣裳横是行了吧?"我真没法儿了。

他愣了会儿。"好吧,谁叫咱们是幼时同学呢。你准是以为我很奇怪,其实我已经不硬了。对别人不硬了。对自己是没法不硬的,你看那个最可恶的土匪也还有点骨气。好吧,给我件你自己身上穿着的吧。那件毛衣便好。有你身上的一些热气便不完全像礼物了。我太好做文章！"

我把毛衣脱给他。他穿在棉袍外边，没顾得扣上纽子。

空中飞着些雪片，天已遮满了黑云。我送他出去，谁也没说什么，一个阴惨的世界，好像只有我们俩的脚步声儿。到了门口，他连头也没回，探着点身在雪花中走去。

柳家大院

这两天我们的大院里又透着热闹，出了人命。

事情可不能由这儿说起，得打头儿来。先交代我自己吧，我是个算命的先生。我也卖过酸枣、落花生什么的，那可是先前的事了。现在我在街上摆卦摊，好了呢，一天也抓弄个三毛五毛的。老伴儿早死了，儿子拉洋车。我们爷儿俩住着柳家大院的一间北房。

除了我这间北房，大院里还有二十多间房呢。一共住着多少家子？谁记得清！住两间房的就不多，又搭上今天搬来，明天又搬走，我没有那么好记性。大家见面招呼声"吃了吗"，透着和气；不说呢，也没什么。大家一天到晚为嘴奔命，没有工夫扯闲话儿。爱说话的自然也有啊，可是也得先吃饱了。

还就是我们爷儿俩和王家可以算作老住户，都住了一年多了。早就想搬家，可是我这间屋子下雨还算不十分漏；这个世界哪去找不十分漏水的屋子？不漏的自然有哇，也得住得起呀！再说，一搬家又得花三份儿房钱，莫如忍着吧。晚报上常说什么"平等"，铜子儿不平等，什么也不用说。这是实话。就拿媳妇们说吧，娘家要是不使彩礼，她们一定少挨点揍，是不是？

王家是住两间房。老王和我算是柳家大院里最"文明"的人了。"文明"是三孙子，话先说在头里。我是算命的先生，眼前的字儿颇念一气。天天我看俩大子的晚报。"文明"人，就凭看篇晚报，别装孙子啦！老王是给一家洋人当花匠，总算混着洋事。其实他会种花不会，他自己晓得；若是不会的话，大概他也不肯说。给洋人院里剪草皮的也许叫作花匠；无论怎说吧，老王有点好吹。有什么意思？剪草皮又怎么低下呢？老王想不开这一层。要不怎么我们这种穷人没起色呢，穷不是，还好吹两句！大院里这样的人多了，老跟"文明"人学；好像"文明"人的吹胡子瞪眼睛是应当应分。反正他挣钱不多，花匠也罢，草匠也罢。

老王的儿子是个石匠，脑袋还没石头顺溜呢，没见过这么死巴的人。他可是好石匠，不说屈心话。小王娶了媳妇，比他小着十岁，长得像搁陈了的窝窝头，一脑袋黄毛，永远不乐，一挨揍就哭，还是不短挨揍。老王还有个女儿，大概也有十四五岁了，又贼又坏。他们四口住两间房。

除了我们两家，就得算张二是老住户了；已经在这儿住了六个多月。虽然欠下俩月的房钱，可是还对付着没叫房东给撵出去。张二的媳妇嘴真甜甘，会说话；这或者就是还没叫撵出去的原因。自然她只是在要房租来的时候嘴甜甘；房东一转身，你听她那个骂。谁能不骂房东呢；就凭那么一间狗窝，一月也要一块半钱？！可是谁也没有她骂得那么到家，那么解气。连我这老头子都有点爱上她了，不是为别的，她真会骂。

可是，任凭怎么骂，一间狗窝还是一块半钱。这么一想，我又不爱她了。没有真力量，骂骂算得了什么呢。

张二和我的儿子同行，拉车。他的嘴也不善，喝俩铜子的"猫尿"能把全院的人说晕了；穷嚼！我就讨厌穷嚼，虽然张二不是坏心肠的人。张二有三个小孩，大的捡煤核，二的滚车辙，三的满院爬。

提起孩子来了，简直的说不上来他们都叫什么。院子里的孩子足够一混成旅，怎能记得清楚呢？男女倒好分，反正能光眼子就光着。在院子里走道总得小心点；一慌，不定踩在谁的身上呢。踩了谁也得闹一场气。大人全别着一肚子委屈，可不就抓个碴儿吵一阵吧。越穷，孩子越多，难道穷人就不该养孩子？不过，穷人也真得想个办法。这群小光眼子将来都干什么去呢？又跟我的儿子一样，拉洋车？我倒不是说拉洋车就低贱，我是说人就不应当拉车；人嘛，当牛马？可是，好些个还活不到能拉车的年纪呢。今年春天闹瘟疹，死了一大批。最爱打孩子的爸爸也咧着大嘴哭，自己的孩子哪有不心疼的？可是哭完也就完了，小席头一卷，夹出城去；死了就死了，省吃是真的。腰里没钱心似铁，我常这么说。这不像一句话，总得想个办法！

除了我们三家子，人家还多着呢。可是我只提这三家子就够了。我不是说柳家大院出了人命吗？死的就是王家那个小媳妇。我说过她像窝窝头，这可不是拿死人打哈哈。我也不是说她"的确"像窝窝头。我是替她难受，替和她差不多的姑娘媳妇们难受。我就常思索,凭什么好好的一个姑娘,养成像窝窝头呢?从小儿不得吃,不得喝,还能油光水滑的吗?是,不错,可是凭什么呢?

少说闲话吧;是这么回事:老王第一个不是东西。我不是说他好吹吗?是,事事他老学那些"文明"人。娶了儿媳妇,喝,他不知道怎么好了。一天到晚对儿媳妇挑鼻子弄眼睛,派头大了。为三个钱的油,两个大的醋,他能闹得翻江倒海。我知道,穷人肝气旺,爱吵架。老王可是有点存心找毛病;他闹气,不为别的,专为学学"文明"人的派头。他是公公;妈的,公公几个铜子儿一个!我真不明白,为什么穷小子单要充"文明",这是哪一股儿毒气呢?早晨,他起得早,总得也把小媳妇叫起来,其实有什么事呢?他要立这个规矩,穷酸!她稍微晚起来一点,听吧,这一顿揍!

我知道,小媳妇的娘家使了一百块的彩礼。他们爷儿俩大概再有一年也还不清这笔亏空,所以老拿小媳妇出气。可是要专为这一百块钱闹气,也倒罢了,虽然小媳妇已经够冤枉的。他不是专为这点钱。他是学"文明"人呢,他要做足了当公公的气派。他的老伴不是死了吗,他想把婆婆给儿媳妇的折磨也由他承办。他变着方儿挑她的毛病。她呢,一个十七岁的孩子可懂得什么?跟她耍排场?我知道他那些排场是打哪儿学来的:在茶馆里听那些"文明"人说的。他就是这么个人——和"文明"人要是过两句话,替别人吹几句,脸上立刻能红堂堂的。在洋人家里剪草皮的时候,洋人要是跟他过一句半句的话,他能把尾巴摆动三天三夜。他确是有尾巴。可是他摆一辈子的尾巴了,还是他妈的住破大院啃窝窝头。我真不明白!

老王上工去的时候,把折磨儿媳妇的办法交给女儿替他办。那个贼丫头!我一点也没有看不起穷人家的姑娘的意思;她们给人家做丫鬟去呀,做二房去呀,是常有的事(不是应该的事),那能怨她们吗?不能!可是我讨厌王家这个二妞,她和她爸爸一样的讨人嫌,能钻天觅缝地给她嫂子小鞋穿,能大睁白眼地乱造谣言给嫂子使坏。我知道她为什么这么坏,她是由那个洋人供给着在一个学校念书,她一万多个看不上她的嫂子。她也穿一双整鞋,头发上也戴着一把梳子,瞧她那个美!我就这么琢磨这回事:世界上不应当有穷有富。可是穷人要是够着有钱的,往高处爬,比什么也坏。老王和二妞就是好例子。她嫂子要是作一双青布新鞋,她变着方儿给踩上泥,然后叫他爸爸骂儿媳妇。我没工夫细说这些事儿,反正这个小媳妇没有一天得着好气;有的时候还吃不饱。

小王呢,石厂子在城外,不住在家里。十天半月地回来一趟,一定揍媳妇一顿。在我们的柳家大院,揍儿媳妇是家常便饭。谁叫老婆吃着男子汉呢,谁叫娘家使了彩礼呢,挨揍是该当的。可是小王本来可以不揍媳妇,因为他轻易不家来,还愿意回回闹气吗?哼,有老王和二妞在旁边挑拨啊。老王罚儿媳妇挨饿,跪着;到底不能亲自下手打,他是自居为"文明"人的,哪能落个公公打儿媳妇呢?所以挑唆儿子去打;他知道儿子是石匠,打一回胜似别人打五回的。儿子打完了媳妇,他对儿子和气极了。二妞呢,虽然常拧嫂子的胳臂,可也究竟是不过瘾,恨不能看着哥哥把嫂子当作石头,一下子捶碎才痛快。我告诉你,一个女人要是看不起另一个女人的,那就是活对头。二妞自居女学生;嫂子不过是花一百块钱买来的一个活窝窝头。

王家的小媳妇没有活路。心里越难受,对人也越不和气;全院里没有爱她的人。她连说话都忘了怎么说了。也有痛快的时候,见神见鬼地闹撞客。总是在小王揍完她走了以后,她又哭又说,一个人闹欢了。我的差事来了,老王和我借宪书,抽她的嘴巴。他怕鬼,叫我去抽。等我进了她的屋子,把她安慰得不哭了——我没抽过她,她要的是安慰,几句好话——他进来了,掐她的人中,用草纸熏;其实他知道她已缓醒过来,故意的惩治她。每逢到这个节骨眼,我和老王吵一架。平日他们吵闹我不管;管又有什么用呢?我要是管,一定是向着小媳妇;这岂不更给她添毒?所以我不管。不过,每逢一闹撞客,我们俩非吵不可了,因为我是在那儿,眼看着,还能一语不发?奇怪的是这个,我们俩吵架,院里的人总说我不对;妇女们也这么说。他们以为她该挨揍。他们也说我多事。男的该打女的,公公该管教儿媳妇,小姑子该给嫂子气受,他们这群男女信这个!怎么会信这个呢?谁教给他们的呢?哪个王八蛋的"文明"可笑,又可哭!

前两天,石匠又回来了。老王不知怎么一时心顺,没叫儿子揍媳妇,小媳妇一见大家欢天喜地,当然是喜欢,脸上居然有点像要笑的意思。二妞看见了这个,仿佛是看见天上出了两个太阳。一定有事!她嫂子正在院子里做饭,她到嫂子屋里去搜开了。一定是石匠哥哥给嫂子买来了贴己的东西,要不然她不会脸上有笑意。翻了半天,什么也没翻出来。我说"半天",意思是翻得很详细;小媳妇屋里的东西还多得了吗?我们的大院里一共也没有两张整桌子来,要不怎么不闹贼呢。我们要是有钱票,是放在袜筒儿里。

二妞的气大了。嫂子脸上敢有笑容?不管查得出私弊查不出,反正得惩治她!

小媳妇正端着锅饭澄米汤,二妞给了她一脚。她的一锅饭出了手。"米饭"!不是丈夫回来,谁敢出主意吃"饭"!她的命好像随着饭锅一同出去了。米汤还没澄干,稀粥似的白饭摊在地上。她拼命用手去捧,滚烫,顾不得手;她自己还不如那锅饭值钱呢。实在太热,她捧了几把,疼到了心上,米汁把手糊住。她不敢出声,咬上牙,扎着两只手,疼得直打转。

"爸!瞧她把饭全洒在地上啦!"二妞喊。

爷儿俩全出来了。老王一眼看见饭在地上冒热气,登时就疯了。他只看了小王那么一眼,已然是说明白了:"你是要媳妇,还是要爸爸?"

小王的脸当时就涨紫了,过去揪住小媳妇的头发,拉倒在地。小媳妇没出一声,就人事不知了。

"打!往死了打!打!"老王在一旁嚷,脚踢起许多土来。二妞怕嫂子是装死,过去拧她的大腿。

院子里的人都出来看热闹,男人不过来劝解,女的自然不敢出声;男人就是喜欢看别人揍媳妇——给自己的那个老婆一个榜样。

我不能不出头了。老王很有揍我一顿的意思。可是我一出头,别的男人也蹭过来。好说歹说,算是劝开了。

第二天一清早,小王老王全去工作。二妞没上学,为是继续给嫂子气受。

张二嫂动了善心,过来看看小媳妇。因为张二嫂自信会说话,所以一安慰小媳妇,可就得罪了二妞。她们俩抬起来了。当然二妞不行,她还说得过张二嫂!"你这个丫头要不……我不姓张!"一句话就把二妞骂闷过去了,"三秃子给你俩大子,你就叫他亲嘴;你当我没看见呢?有这么回事没有?有没有?"二嫂的嘴就堵着二妞的耳朵眼,二妞直往后退,还说不出话来。

这一场过去,二妞搭讪着上了街,不好意思再和嫂子闹了。

小媳妇一个人在屋里,工夫可就大啦。张二嫂又过来看一眼,小媳妇在炕上躺着呢,可是穿着出嫁时候的那件红袄。张二嫂问了她两句,她也没回答,只扭过脸去。张家的小二,正在这么工夫跟个孩子打起来,张二嫂忙着跑去解围,因为小二被敌人给按在底下了。

二妞直到快吃饭的时候才回来,一直奔了嫂子的屋子去,看看她作好了饭没有。二妞向来不动手做饭,女学生嘛!一开屋门,她失了魂似的喊了一声,嫂子在房梁上吊着呢!一院子的人全吓惊了,没人想起把她摘下来,谁肯往人命事儿里掺和呢?

二妞捂着眼吓成孙子了。"还不找你爸爸去?!"不知道谁说了这么一句,她扭头就跑,仿佛鬼在后头追她呢。老王回来也傻了。小媳妇是没有救儿了;这倒不算什么,脏了房,人家房东能饶得了他吗?再娶一个,只要有钱,可是上次的债还没归清呢!这些个事叫他越想越气,真想咬吊死鬼儿几块肉才解气!

娘家来了人,虽然大嚷大闹,老王并不怕。他早有了预备,早问明白了二妞,小媳妇是受张二嫂的挑唆才想上吊;王家没逼她死,王家没给她气受。你看,老王学"文明"人真学得到家,能瞪着眼扯谎。

张二嫂可抓了瞎,任凭怎么能说会道,也禁不住贼咬一口,入骨三分!人命,就是自己能分辨,丈夫回来也得闹一阵。打官司自然是不会打的,柳家大院的人还敢打官司?可是老王和二妞要是一口咬定,小媳妇的娘家要是跟她要人呢,这可不好办!柳家大院的人是有眼睛的,不过,人命关天,大家不见得敢帮助她吧?果然,张二一回来就听说了,自己的媳妇惹了祸。谁还管青红皂白,先揍完再说,反正打媳妇是理所当然的事。张二嫂挨了顿好的。

小媳妇的娘家不打官司;要钱;没钱再说厉害的。老王怕什么偏有什么;前者娶儿媳妇的钱还没还清,现在又来了一档子！可是，无论怎样，也得答应着拿钱，要不然屋里放着吊死鬼，才不像句话。

小王也回来了，十分像个石头人，可是我看得出，他的心里很难过，谁也没把死了的小媳妇放在心上，只有小王进到屋中，在尸首旁边坐了半天。要不是他的爸爸"文明"，我想他决不会常打她。可是，爸爸"文明"，儿子也自然是要孝顺了，打吧！一打，他可就忘了他的胳臂本是砸石头的。他一声没出，在屋里坐了好大半天，而且把一条新裤子——就是没补丁呀——给媳妇穿上。他的爸爸跟他说什么，他好像没听见。他一个劲儿地吸蝙蝠牌的烟，眼睛不错眼珠地看着点什么——别人都看不见的一点什么。

娘家要一百块钱——五十是发送小媳妇的，五十归娘家人用。小王还是一语不发。老王答应了拿钱。他第一个先找了张二去。"你的媳妇惹的祸，没什么说的，你拿五十，我拿五十；要不然我把吊死鬼搬到你屋里来。"老王说得温和，可又硬张。

张二刚喝了四个大子的猫尿，眼珠子红着。他也来得不善："好王大爷的话，五十？我拿！看见没有？屋里有什么你拿什么好了。要不然我把这两个大孩子卖给你，还不值五十块钱？小三的妈！把两个大的送到王大爷屋里去！会跑会吃，决不费事，你又没个孙子，正好嘛！"

老王碰了个软的。张二屋里的陈设大概一共值不了几个铜子儿！俩孩子叫张二留着吧。可是，不能这么轻轻地便宜了张二;拿不出五十呀,三十行不行?张二唱开了打牙牌,好像很高兴似的。"三十干吗?还是五十好了,先写在账上,多咱我叫电车轧死,多咱还你。"

老王想叫儿子揍张二一顿。可是张二也挺壮,不一定能揍得了他。张二嫂始终没敢说话,这时候看出一步棋来,乘机会自己找找脸:"姓王的,你等着好了,我要不上你屋里去上吊,我不算好老婆,你等着吧!"

老王是"文明"人,不能和张二嫂斗嘴皮子。而且他也看出来,这种野娘们什么也干得出来,真要再来个吊死鬼,可得更吃不了兜着走了。老王算是没敲上张二。

其实老王早有了"文明"主意,跟张二这一场不过是虚晃一刀。他上洋人家里去,洋大人没在家,他给洋太太跪下了,要一百块钱。洋太太给了他,可是其中的五十是要由老王的工钱扣的,不要利钱。

老王拿着回来了,鼻子朝着天。

开张殃榜就使了八块;阴阳生要不开这张玩意儿,麻烦还小得了吗。这笔钱不能不花。

小媳妇总算死得"值"。一身新红洋缎的衣裤,新鞋新袜子,一头银白铜的首饰。十二块钱的棺材。还有五个和尚念了个光头三。娘家弄了四十多块去;老王无论如何不能照着五十的数给。

事情算是过去了,二妞可遭了报,不敢进屋子。无论干什么,她老看见嫂子在房梁上挂着呢。老王得搬家。可是,脏房谁来住呢？自己住着，房东也许马马虎虎不究真儿；搬家，不叫赔房才怪呢。可是二妞不敢进屋睡觉也是个事儿。况且儿媳妇已经死了，何必再住两间房？让出那一间去，谁肯住呢？这倒难办了。

老王又有了高招儿，儿媳妇一死，他更看不起女人了。四五十块花在死鬼身上，还叫她娘家拿走四十多，真堵得慌。因此，连二妞的身份也落下来了。干脆把她打发了，进点彩礼，然后赶紧再给儿子续上一房。二妞不敢进屋子呀，正好，去她的。卖个三百二百的除给儿子续娶之外，自己也得留点棺材本儿。

他搭讪着跟我说这个事。我以为要把二妞给我的儿子呢；不是，他是托我给留点神，有对事的外乡人肯出三百二百的就行。我没说什么。

正在这个时候，有人来给小王提亲，十八岁的大姑娘，能洗能作，才要一百二十块钱的彩礼。老王更急了，好像立刻把二妞铲出去才痛快。

房东来了，因为上吊的事吹到他耳朵里。老王把他唬回去了：房脏了，我现在还住着呢！这个事怨不上来我呀，我一天到晚不在家；还能给儿媳妇气受？架不住有坏街坊，要不是张二的娘们，我的儿媳妇能想得起上吊？上吊也倒没什么，我呢，现在又给儿子张罗着，反正混着洋事，自己没钱呀，还能和洋人说句话，接济一步。就凭这回事说吧，洋人送了我一百块钱！

房东叫他给唬住了,跟旁人一打听,的的确确是由洋人那儿拿来的钱。房东没再对老王说什么,不便于得罪混洋事的。可是张二这个家伙不是好调货,欠下两个月的房租,还由着娘们拉舌头扯簸箕,撵他搬家!张二嫂无论怎么会说,也得补上俩月的房钱,赶快滚蛋!

张二搬走了,搬走的那天,他又喝得醉猫似的。张二嫂臭骂了房东一大阵。

等着看吧。看二妞能卖多少钱,看小王又娶个什么样的媳妇。什么事呢!"文明"是孙子,还是那句!